新潮文庫

二十世紀旗手

太宰　治著

新潮社版

2093

目次

二十世紀旗手

狂言の神

なんじら断食《だんじき》するとき、かの偽善者のごとく悲しき面容《おももち》をすな。
（マタイ六章十六。）

今は亡《な》き、畏《い》友《ゆう》、笠井一について書きしるす。

笠井一《かさいはじめ》。戸籍名、手沼謙蔵。明治四十二年六月十九日、青森県北津軽郡金木《かなき》町に生れた。亡父は貴族院議員、手沼源右衛門。母は高《たか》。謙蔵は、その六男たり。同町小学校を経て、大正十二年青森県立青森中学校に入学。昭和二年同校四学年修了。同年、弘前《ひろさき》高等学校文科に入学。昭和五年同校卒業。同年、東京帝大仏文科に入学。若き兵士たり。恥かしくて死にそうだ。眼を閉じるとさまざまの、毛の生《は》えた怪獣が見える。なあんてね。笑いながら厳粛のことを語る。と。

「笠井一《かさいはじめ》」にはじまり、「厳粛のことを語る。と。」にいたるこの数行の文章は、日本紙に一字一字、ていねいに毛筆でもって書きしたためられ、かれの書斎の硯箱《すずりばこ》のしたに隠されていたものである。案ずるに、かれはこの数行の文章をかれ自身の履歴書の下書として書きはじめ、一、二行を書いているうちに、はや、かれの生涯の悪癖、含《がん》羞《しゅう》の火煙が、浅間《あさま》山《やま》のそれのように突如、天をも焦《こ》がさん勢にて噴出し、ために、「なあんてね」の韜晦《とうかい》の一語がひょいと顔を出さなければならぬ事態に立ちいたり、かれ日頃ご自慢の竜頭蛇尾《りゅうとうだび》の形に歪《ゆが》めて置いて筆を投げた、というようなふうである。

私は、かれの歿《ぼっ》したる直後に、この数行の文章に接し、はっと凝視し、再読、三読、さらに持ち直して見つめたのだが、どうにも眼が曇って、ついには、歔欷《きょき》の波うねり、一字をも読む能《あた》わず、四つに折り畳んで、ふところへ、仕舞い込んだものであるが、内心、塩でもまれて焼き焦がされる思いであった。

残念、むねんの情であった。若き兵士たり、それから数行の文章の奥底に潜んで在《あ》る不安、乃至《ないし》は、極度なる羞恥感《しゅうちかん》、自意識の過重、或《あ》る一階級への義心の片鱗《へんりん》、これらは、すべて、銭湯のペンキ絵くらいに、徹頭徹尾、月並のものである。私はこれより数段、巧みに言い表わされたる、これら諸感情に就《つ》いての絶叫もしくは、嗄《しわが》れた呟《つぶや》きを、阪東妻三郎《ばんどうつまさぶろう》の映画のタイトルの中に、いくつでも、いくつでも、発見できるつもりで居る。殊《こと》にも、おのが貴族の血統を、何くわぬ顔して一こと書き加えていたという事実に就いては、全くもって、女子小人の虚飾。さもしい真似《まね》をして呉《く》れたものである。けれども、その夜あんなに私をくやしがらせて、ついに声たてて泣かせてしまったものは、これら乱雑安易の文字ではなかった。私はこの落書めいた一ひらの文《ふみ》反故《ほご》により、かれの、死ぬるきわまで一定職に就こう、就こうと五体に汗してあせっていたという動かせぬ、儼《げん》たる証拠に触れてしまったからである。二、三の評論家に嘘《うそ》の神様、道化の達人と、あるいはまともの尊敬を以《もっ》て、あるいは軽い戯《たわむ》れの心を以て呼ばれていた、作家、笠井一の絶筆は、なんと、履歴書の下書であった。私の眼に狂いはない。かれの生涯の念願は、「人らしい人になりたい」という一事であった。馬鹿《ばか》な男ではないか。一点にごらぬ清らかの生活を営み、友にも厚き好学の青年、創作に於《お》いては秀抜の技量を有し、その日その日の暮しに困らぬほどの財産さえあったのに、サラリイマンを尊び、あこがれ、ついには恐れて、おのが知れる限りのサラリイマンに、阿諛《あゆ》、追従《ついしょう》、見るにしのびざるものがあったのである。朝夕の電車には、サラリイマンがぎっしりと乗り込んでいるので、すまないやら、恥かしいやら、こわいやらにて眼のさきがまっくろになってしまって居づらくなり、つぎの駅で、すぐさま下車する、ゲエテ*にさも似た見ごとの顔を紙のように白ちゃけさせて、おどおど私に語って呉れたが、それから間もなく死んでしまった。風《ふう》がわりの作家、笠井一の縊死《いし》は、やよいなかば、三面記事の片隅《かたすみ》*に咲いていた。色様様《いろさまざま》の推察が捲《ま》き起ったのだけれども、そのことごとくが、はずれていた。誰も知らない。みやこ新聞社の就職試験に落第したから、死んだのである。

落第と、はっきり、きまった。かれら夫婦ひと月ぶんの生活費、その前夜に田舎《いなか》の長兄が送ってよこした九十円の小切手を、けさ早く持ち出し、白昼、ほろ酔いに酔って銀座を歩いていた。老い疲れたる帝国大学生、袖口《そでぐち》ぼろぼろ、蚊の脛《すね》ほどに細長きズボン、鼠《ねずみ》いろのスプリングを羽織って、不思議や、若き日のボオドレエルの肖像と瓜《うり》二つ。破帽をあみだにかぶり直して歌舞伎座《かぶきざ》、一幕見《ひとまくみ》席の入口に吸いこまれた。

舞台では菊五郎の権八《ごんぱち》が、したたるほどのみどり色の紋付を着て、赤い脚絆《きゃはん》、はたはたと手を打ち鳴らし、「雉《きじ》も泣かずば撃たれまいに」と呟いた。嗚咽《おえつ》が出て出て、つづけて見ている勇気がなかった。開演中お静かにお願い申します。千も二千も色様様の人が居るのに、歌舞伎座は、森閑《しんかん》としていた。そっと階段をおり、外へ出た。巷《ちまた》には灯がついていた。浅草に行きたく思った。浅草に、ひさごやというししの肉を食べさせる安食堂があった。きょうより四年まえに、ぼくが出世をしたならば、きっと、お嫁にもらってあげる、とその店の女中のうちで一ばんの新米、使いはしりをつとめていた眼のすずしい十五六歳の女の子に、そう言って元気をつけてやった。その食堂には、大工や土方人足などがお客であって、角帽かぶった大学生はまったく珍らしかった様子で、この店だけは、いつ来ても大丈夫、六人の女中みんなが、あれこれとかまって呉れた。人からあなどりを受け、ぺしゃんこに踏みにじられ、ほうり出されたときには、書物を売り、きまって三円なにがしのお金をつくり、浅草の人ごみのなかへまじり込む。その店のちょうし一本十三銭のお酒にかなり酔い、六人の女中さんときれいに遊んだ。その六人の女中のうち、ひとり目立って貧しげな女の子に、声高く夫婦約束をしてやって、なおそのうえ、女の微笑するようないつわりごとを三つも四つも、あらわでなく誓ってやったものだから、女の子、しだいに大学生を力とたのんだ。それから奇蹟《きせき》があらわれた。女の子、愛されているという確信を得たその夜から、めきめき器量をあげてしまった。三年まえの春から夏まで、百日も経《た》たぬうちに、女の、髪のかたちからして立派になり、思いなしか鼻さえ少したかくなった。額も顎《あご》も両の手も、ほんのり色白くなったようで、お化粧が巧《うま》くなったのかも知れないが、大学生を狂わせてはずかしからぬ堂々の貫禄《かんろく》をそなえて来たのだ。お金の有る夜は、いくらでも、いくらでも、その女のひとにだまされて、お金を無くする。そうして、女のひとにだまされるということは、よろこばしいものだとつくづく思った。女は、大学生から貰《もら》ったお金は一銭もわが身につけず、ほうばいの五人の女中にわけてやり、ばたばたと脛の蚊を団扇《うちわ》で追いはらって浅草まつりが近づいたころには、その食堂のかんばん娘になっていた。神のせいではない。人の力がヴィナスを創《つく》った。女の子は、せわしくなるにつれて恩人の大学生からしだいに離れ、はなれた、とたんに大学生の姿も見えずなった。大学生には困難の年月がはじまりかけていたのである。

その夜、歌舞伎座から、遁走《とんそう》して、まる一年ぶりのひさごやでお酒を呑《の》みビールを呑みお酒を呑み、またビールを呑み、二十個ほどの五十銭銀貨を湯水の如《ごと》くに消費した。三年まえに、ここではっきりと約束しました。ぼくは、出世をいたしました。よい子だから、けさの新聞を持っておいで。ほら、ね。ぼくの写真が出ています。これはね、ぼくの小説本の広告ですよ。写真、べそかいてる？　そうかなあ。微笑したところなんだがなあ。約束、わすれた？　あ、ちょいと、ちょいと。これは、新聞さがして持って来て呉れたお礼ですよ。まったく気がるに、またも二、三円を乱費して、ふと姉を思い、荒っぽい嗚咽が、ぐしゃっと鼻にからんで来て、三十前後の新内流《しんないなが》しをつかまえ、かれにお酒をすすめたが、かれ、客の若さに油断して、ウイスキイがいいとぜいたく言った。おや、これは、しっけい、しっけい。若いお客は、気まえよく、あざむかれてやってウイスキイを一杯のませ、さらにそのうえ、何か食べたいものはないかと聞くのである。新内いよいよ気をゆるし、頬杖《ほおづえ》ついて、茶わんむしがいいなと応《こた》え、黒眼鏡の奥の眼が、ちろちろ薄笑いして、いまは頗《すこぶ》る得意げであった。さて、新内さん。あなたというお人は、根からの芸人ではあるまい。なにかしら自信ありげの態度じゃないか。いずれは、ゆいしょ正しき煙管屋《きせるや》の若旦那《わかだんな》。三代つづいた鰹節《かつおぶし》問屋の末っ子。ちがいますか？　くだんの新内、薄化粧の小さな顔をにゅっと近よせ、あたりはばかるひそひそ声で、米屋、米屋、と囁《ささや》いた。そこへ久保田《くぼた》万太郎があらわれた。その店の、十の電燈《でんとう》のうち七つ消されて、心細くなったころ、鼻赤き五十を越したくらいの商人が、まじめくさってはいって来て、女中みんなが、おや、兄さん、と一緒に叫んで腰を浮かせた。立ちあがって、ちょっとかれに近づき、失礼いたします。久保田先生ではございませんか。私は、ことし帝大の文科を卒業いたします者で、少しは原稿も売れてまいりましたが、未《ま》だほとんど無名でございます。これから、よろしく、教えて下さい。直立不動の姿勢でもってそうお願いしてしまったので、商人、いいえ人違いですと鼻のさきで軽く掌《て》を振る機会を失い、よし、ここは一番、そのくぼたとやらの先生に化けてやろうと、悪事の腹を据えたようである。

――ははは。ま。掛けたまえ。

――はっ。

――のみながら。

――はっ。

――ひとつ。

――はっ。という工合いに、兵士の如く肩をいからせ、すすめられた椅子《いす》に腰をおろして、このようなところで先生にお逢《あ》いするとは実《じつ》もって意外である。先生は毎晩ここにおいでになるのでしょうか。私は、先夜、先生の千人風呂《ぶろ》という作品を拝誦《はいしょう》させていただきましたが、やはり興奮いたしまして、失礼ながらお手紙さしあげた筈《はず》でございますが。

――あれは君、はずかしいものだよ。

――しつれいいたしました。私の記憶ちがいでございました。千人風呂は葛西善蔵《かさいぜんぞう》氏の作品でございました。

――まったくもって。

わけのわからぬ問答に問答をかさねて、そのうちに、久保田氏は、精神とかジャンルとか現象とかのこむずかしい言葉を言い出し、若い作家の読書力減退についてのお説教がはじまり、これは、まさしく久保田万太郎なのかもしれないなどと思ったら酔いも一時にさめはて、どうにも、つまらなくなって来て、蹌踉《そうろう》と立ちあがり、先生、それではごめん下さい。これから旅に出るのです。ええ、このお金がなくなってしまうところまで、と言いつつ内ポケットから二三枚の十円紙幣をのぞかせて、見せてやって、外へ出た。

ああああ。今夜はじつに愉快であった。大川へはいろうか。線路へ飛び込もうか。薬品を用いようか。新内と商人と、ふたりの生活人に自信を与えた善根によっても、地獄に堕《お》ちるうれいはない。しずかな往生ができそうである。けれども、わが身が円タク拾って荻窪《おぎくぼ》の自宅へ易々《やすやす》とかえれるような状態に在るうちは、心もにぶって、なかなか死ねまい。とにかく東京から一歩でも、半歩でもなんでも外へ出る。何卒《なにとぞ》して、今夜のうちに、とりかえしのつかないところまで行ってしまって置かなければ。よこはまほんもく二円はどうだ。いやならやめろ。二円おんの字、承知のすけ。ぶんぶん言って疾進してゆく、自動車の奥隅《おくすみ》で、あっ、あっと声を放って泣いていた。今は亡《な》き、畏友《いゆう》、笠井一もへったくれもなし。ことごとく、私、太宰治ひとりの身のうえである。いまにいたって、よけいの道具だてはせぬことだ。私は、あした死ぬるのである。はじめに意図して置いたところだけは、それでも、言って知らせてあげよう。私は、日本の或る老大家の文体をそっくりそのまま借りて来て、私、太宰治を語らせてやろうと企てた。自己喪失症とやらの私には、他人の口を借りなければ、われに就いて、一言半句も語れなかった。たち拠《よ》らば大樹の陰、たとえば鷗外《おうがい》、森林太郎、かれの年少の友、笠井一なる夭折《ようせつ》の作家の人となりを語り、そうして、その縊死のあとさきに就いて書きしるす。その老大家の手記こそは、この「狂言の神」という一篇の小説に仕上るしくみになっていたのに、ああ、もはやどうでもよくなった。文章に一種異様の調子が出て来て、私はこのまま順風を一ぱい帆にはらんで疾駆する。これぞ、まことのロマン調。すすまん哉《かな》。あす知れぬいのち。自動車は、本牧《ほんもく》の、とあるホテルのまえにとまった。ナポレオンに似たひとだな、と思っていたら、やがてその女のひとの寝室に案内され枕《まくら》もとを見ると、ナポレオンの写真がちゃんと飾られていた。誰しもそう思うのだなと、やっとうれしく、あたたかくなって来た。

その夜、ナポレオンは、私の知らない遊びかたを教えて呉れた。

あくる朝は、雨であった。窓をひらけば、ホテルの裏庭。みどりの草が一杯に生《は》えて、牧場に似ていた。草はらのむこうには、赤濁りに濁った海が、低い曇天に押しつぶされ、白い波がしらも無しに、ゆらりゆらり、重いからだをゆすぶっていて、窓のした、草はらのうえに捨てられてある少し破れた白足袋《しろたび》は、雨に打たれ、女の青い縞《しま》のはんてんを羽織って立っている私は、錐《きり》で腋《わき》の下を刺され擽《くす》ぐられ刺されるほどに、たまらない思いであった。ハクランカイをごらんなさればよろしいに、と南国訛《なんごくなま》りのナポレオン君が、ゆうべにかわらぬ閑雅の口調でそうすすめて、にぎやかの万国旗が、さっと脳裡《のうり》に浮んだが、ばか、大阪へ行く、京都へも行く、奈良へも行く、新緑の吉《よし》野《の》へも行く、神戸へ行く、ナイヤガラ、と言いかけて、はははと豪傑笑いの真似《まね》をして見せた。しっけい。さようなら、あら、雨。はい、お傘《かさ》。私は好かれているようであった。その傘を、五円で買います。みんながどっと声をたてて笑い崩《くず》れた。ああ、ここで遊んでいたい。遊んでいたい。額がくるめく。涙が煮える。けれども私は、辛抱した。お金がないのである。けさ、トイレットにて、真剣にしらべてみたら、十円紙幣が二枚に五円紙幣が一枚、それから小銭が二、三円。一夜で六、七十円も使ったことになるが、どこでどう使ったのか、かいもく見当つかず、これだけの命なのだ。まずしい気持ちで死にたくはなかった。二、三十円を無雑作にズボンのポケットへねじ込んであるが儘《まま》にして置いて死ぬのだ。倹約しなければいけない、と生れてはじめてそう思った。花の絵日傘《えひがさ》をさして停車場へいそいだのである。停車場の待合室に傘を捨て、駅の案内所で、江の島へ行くには？と聞いたのであるが、聞いてしまってから、ああ、やっぱり死ぬるところは江の島ときめていたのだな、と素直に首肯《うなず》き、少し静かな心地《ここち》になって、駅員の教えて呉れたとおりの汽車に乗った。

ながれ去る山山。街道。木橋。いちいち見おぼえがあったのだ。それでは七年まえのあのときにも、やはりこの汽車に乗ったのだな、七年まえには、若き兵士であったそうな。ああ。恥かしくて死にそうだ。或る月のない夜に、私ひとりが逃げたのである。とり残された五人の仲間は、すべて命を失った。私は大地主の子である。地主に例外は無い。等しく君の仇敵《きゆうてき》である。裏切者としての厳酷なる刑罰を待っていた。撃ちころされる日を待っていたのである。けれども私はあわて者。ころされる日を待ち切れず、われからすすんで命を断とうと企てた。衰亡のクラスにふさわしき破廉恥《はれんち》、頽廃《たいはい》の法をえらんだ。ひとりでも多くのものに審判させ嘲笑《ちようしよう》させ悪罵《あくば》させたい心からであった。有夫の婦人と情死を図ったのである。私、二十二歳。女、十九歳。師走《しわす》、酷寒の夜半、女はコオトを着たまま、私もマントを脱がずに、入水《じゆすい》した。女は、死んだ。告白する。私は世の中でこの人間だけを、この小柄の女性だけを尊敬している。私は、牢《ろう》へいれられた。自殺幇助罪《ほうじよざい》という不思議の罪名であった。そのときの、入水の場所が、江の島であった。（さきに述べた誘因のためにのみ情死を図ったのではなしに、そのほかのくさぐさの事情がいりくんでいたことをお知らせしたくて、私は、以下その夜の追憶を三枚にまとめて書きしるしたのであるが、しのびがたき困難に逢《ほう》着《ちやく》し、いまはそっくり削除した。読者、不要の穿鑿《せんさく》をせず、またの日の物語に期待して居《お》られるがよい）私は、煮えくりかえる追憶からさめて、江の島へ下車した。風の勁《つよ》い日で、百人ほどの兵士が江の島へ通ずる橋のたもとに、むらがって坐《すわ》り、ひとしく弁当をたべていた。こんなにたくさんの人のまえで海へ身を躍《おど》らせたならば、ただいたずらに泳ぎ自慢の二三の兵士に名をあげさせるくらいの結果を得るだけのことであろう。私は、荒れている灰色の海をちらと見ただけで、あきらめた。橋のたもとの望富閣という葦簾《よしず》を張りめぐらせる食堂にはいり、ビイルを一本そう言った。ちろちろと舌でなめるが如《ごと》く、はりあいのない呑《の》みかたをしながら、乱風の奥、黄塵《こうじん》に烟《けむ》る江の島を、まさにうらめしげに、眺《なが》めていたようである。脊《せ》を丸くし、頬杖《ほおづえ》ついて、三十分くらい、じっとしていた。このまま坐って死んでゆきたいと、つくづく思った。新聞の一つ一つの活字が、あんなに穢《よご》れて汚《きたな》く思われたことがなかった。鼠《ねずみ》いろのスプリング。細長い帝国大学生。脊中を丸くして、ぼんやり頬杖をつく習癖がある。自殺しようと家出をした。そのような記事がいま眼のまえにあらわれ出ても、私は眉《まゆ》ひとつうごかすまい。むごいことには、私、おどろく力を失ってしまっていた。私に就《つ》いての記事はなかったけれども、東郷さんのお孫むすめが、わたくしひとりで働いて生活したいと言うて行方《ゆくえ》しれずになった事実が、下品にゆがめられて報告されていた。兵士たちが望富閣の食堂へぞろぞろとはいって来て、あまり勢いよくはいって来たので私のテエブルをころがした。コップもビイルの罎《びん》も、こわれなかったけれど、たしかに未《ま》だ半分以上も罎に残っていたビイルが白い泡《あわ》を立てつつこぼれてしまった。二、三の女中は、そのもの音を聞き、その光景を脊のびして見ていながら、当りまえの様な顔をして、なんにもものを言わなかった。トオキイの音が、ふっと消えて、サイレントに変った瞬間みたいに、しんとなって、天鵞絨《びろうど》のうえを猫が歩いているような不思議な心地にさせられた。狂気の前兆のようにも思われ、気持ちがけわしくなったので、それでも、わざとゆっくりと立ちあがり、お勘定してもらって外へ出た。たちまち烈風。スプリングの裾《すそ》がぱっとめくりあげられ、一握の小砂利《こじゃり》が頬めがけて叩《たた》きつけられればぱちぱち爆《は》ぜた。ぐっと眼をつぶって、今夜死ぬるとわれに囁《ささや》き、みんながみんな遠くへ去っていって、世界に私がひとりだけ居るような気持ちで、ながいこと道路のまんなかに立ちつくした。眼をあいたときには、まったく意志を失い、幽霊のように歩いて、磯《いそ》へ出た。真くろい雲が充満し、空は暗くて低かった。見渡すかぎり、人の影がなかった。腐りかけた漁船がひとつ、砂浜に投げ捨てられ、ひっくりかえって、まっくろい腹を見せてあるほかには、犬ころ一匹いなかった。私は、ズボンのポケットに両手をつっこみ、同じ地点をいつまでもうろうろ歩きまわり、眼のまえの海の形容詞を油汗ながして捜査していた。ああ、作家をよしたい。もがきあがいて捜しあてた言葉は、「江の島の海は、殺風景であった。」私はぐるっと海へ脊をむけた。ここの海は浅く、飛びこんだところで、膝小僧《ひざこぞう》をぬらすくらいのものであろう。私は、しくじりたくなかった。よしんばしくじっても、そのあと、そ知らぬふりのできるような賢明の方法を択《えら》ばなければ。未遂で人に見とがめられ、縄目《なわめ》の恥辱を受けたくなかった。それからどれほど歩いたのか。百種にあまる色さまざまの計画が両国《りょうごく》の花火のようにぱっとひらいては消え、ひらいては消え、これときまらぬままに、ふらふら鎌倉行の電車に乗った。今夜、死ぬのだ。それまでの数時間を、私は幸福に使いたかった。ごっとん、ごっとん、のろすぎる電車にゆられながら、暗鬱《あんうつ》でもない、荒涼でもない、孤独の極でもない、智慧《ちえ》の果でもない、狂乱でもない、阿呆感《あほうかん》でもない、号泣でもない、悶悶《もんもん》でもない、厳粛でもない、恐怖でもない、刑罰でもない、憤《ふん》怒《ぬ》でもない、諦観《ていかん》でもない、秋涼でもない、平和でもない、後悔でもない、沈思でもない、打算でもない、愛でもない、救いでもない、言葉でもってそんなに派手に誇示できる感情の看板は、ひとつも持ち合せていなかった。私は、深刻でなかった。電車の隅《すみ》で一賤民《せんみん》のごとく寒さにふるえて眼玉をきょろきょろうごかしていただけのことであったのである。途中、青松園という療養院のまえをとおった。七年まえの師走、月のあかい一夜、女は死に、私は、この病院に収容された。ひとつきほど、ここで遊んで、からだの恢復《かいふく》をはかったのであるが、そのひとつき間の生活は、ほのかにではあったけれども、私に生きているよろこびを知らせて呉《く》れた。それからの七年間、私にとっては五十年、いや、十種類の生涯のようにも思われたほど、さまざまの困難が起り、そのときそのときの私の辛抱もまったくむだのようであって、私にはあたりまえの生活ができず、ふたたび死ぬる目的を以《もっ》て、こんどはひとりでやって来た。療養院にも七年の風雨が見舞っていて、純白のペンキの塗られていた離宮のような鉄の門は鼠《ねずみ》いろに変色し、七年間、私の眼にいよいよ鮮明にしみついていた屋根の瓦《かわら》の燃えるような青さも、まだらに白く禿《は》げて、ところどころを黒い日本瓦で修繕され、きたならしく、よそよそしく、まったく他人の顔であった。七年間、ほかの人から見たならば、私の微笑は、私の姿態は、この建築物よりいっそう汚れて見えるだろう。おや？　不思議のこともあるものだ。あの岩がなくなっているのである。ねえ、この岩が、お母さんのような気がしない？　あたたかくてやわらかくて、この岩、好きだな、女のひとはそう言って撫《な》でまわして、私も同感であったあのひらたい岩がなくなった。飛びこむ直前までそのうえで遊びたわむれていたあの岩がなくなった。こんな筈《はず》はない。どちらかが夢だ。がったん、電車はひとつ大きくゆれて見知らぬ部落の林へはいった。微笑《ほほえ》ましきことには、私はその日、健康でさえあったのだ。かすかに空腹を感じたのである。どこでもいい、にぎやかなところへ下車させて下さい、と車掌さんにたのんで、ほどなく、それではここで御降りなさいと教えられ、あたふたと降りたところは長谷《はせ》であった。雨が頰を濡《ぬ》らして呉れてお清浄になったと思えて、うれしかった。成熟した女学生がふたり、傘がなくて停車場から出られず困惑の様子で、それでもくつくつ笑いながら、一坪ほどの待合室の片隅できっちり品よく抱き合っていた。もし傘が一本そのときの私にあったならば、私は死なずにすんだのかも知れない。溺《おぼ》れる者のわら一すじ。深く、けわしく、よろめいた。誓う。あなたのためには身を粉《こ》にして努める。生きてゆくから、叱《しか》らないで下さい。けれどもそれだけのことであった。語らざれば、うれい無きに似たりとか。その二人の女のうち笹眉《ささまゆ》をひそめて笑う小柄のひとに、千万の思いをこめて見つめる私の瞳《ひとみ》の色が、了解できずに終ったようだ。ひらっと、できるだけ軽快に身をひるがえして雨の中へおどり出た。つばめのようにはいかなかった。あやうく滑ってころぶところであった。ふりかえりたいな。よせ！　すぐ真向いの飲食店へさっさとはいった。薄暗い食堂の壁には、すてきに大きい床屋鏡がはめこまれていて、私の顔は黒眼がち、人なつかしげに、にこにこしていた。意外にも福福しい顔であったのだ。一刻も早く酔いしれたく思って、牛鍋《ぎゅうなべ》を食い散らしながら、ビイルとお酒とをかわるがわるに呑《の》みまぜた。君、茶化してしまえないものがあったのである。呑んでも呑んでも酔えなかった。信じ給《たま》え。鏡の中のわが顔に、この世ならず深く柔和の憂色がただよい、それゆえに高雅、車夫馬丁を常客とする悪臭ふんぷんの安食堂で、ひとり牛鍋の葱《ねぎ》をつついている男の顔は、笑ってはいけない、キリストそのままであったという。ひるごろ私は、作家、深田久弥《きゅうや》氏のもとをたずねた。かれの、はっきりすぐれたる或《あ》る一篇の小説に依《よ》り、私はかれと話し合いたく願っていた。相州《そうしゅう》鎌倉二階堂《にかいどう》。住所も、忘れてはいなかった。三度、ながい手紙をさしあげて、その都度、あかるい御返事いただいた。私がその作家を好きであるのと丁度おなじくらいに、その作家もまた私を好きなのだ、といつのまにか、ひとりできめてしまっていた。のこり少い時間である。仕合せのことに用いなければいけない。私は、一秒の猶予《ゆうよ》もなしに、態度をきめた。そのときの私には、深田氏訪問以上の仕合せを考案しているいとまがなかった。雨はあがり、雲は矢のように疾駆し、ところどころ雲の切れま、洗われて薄い水いろの蒼空《あおぞら》が顔を見せて、風は未《いま》だにかなり勁く、無法者、街々を走ってあるいていたが、私も負けずに風にさからってどんどん大股《おおまた》であるいてやった。恥ずかしいほどの少年になってしまった。千里の馬には千里の糧《かて》。たわむれに呟《つぶや》いて、たばこ屋に立ち寄り、キャメルという高価の外国煙草《たばこ》を二個も買い、不良少年のふりをして、こっそり吸っては、あわててもみ消す。腰のまがった小さい巡査が、両手をうしろに組んで街道のまんなかをぶらりぶらり、風に吹かれて歩いていた。私は二階堂への路順《みちじゅん》をたずねた。私は慧眼《けいがん》。この老巡査は、はたして忘れ得ぬ人たちの中のひとりであった。私の手を引かんばかり、はにかむような咄《とつ》吃《きつ》の口調で繰りかえし繰りかえし教えて呉れた。なに、二階堂はすぐそのさきに見えているのだ。老懶《ろうはい》の一生活人へ、まことと敬虔《けいけん》の心でお礼を申し述べ、教えられたとおりの路をあやまたずに三曲りして、四曲りした角《かど》に、なんなく深田久弥のつつましき門札を見つけた。かねて思いはかっていたよりも十倍くらいきちんとしたお宅だったので、これは、これは、とひとりごとを言いながら、内心うれしく、微笑とめてもとまらなかった。石の段段をのぼり、字義どおりに門をたたいて、出て来た女中に大声で私の名前を知らせてやった。うれしや、主人は、ご在宅である。右手の甲で額の汗をそっと拭《ぬぐ》うた。女中に案内されて客間にとおされ、わざと秀才の学生らしく下手《へた》にきちんと坐って、芝生《しばふ》の敷きつめられたお庭を眺《なが》め、筆一本でも、これくらいの生活ができるのだ、とずいぶん気強く思ったものだ。こよい死ぬる者にとってはふさわしからぬ安堵《あんど》の溜息《ためいき》がほっと出て、かるく狼狽《ろうばい》していたとき、蓬髪花顔《ほうはつかがん》のこの家のあるじが写真のままの顔して出て来られて、はじめての挨拶《あいさつ》をかわしたのであったが、私には、はじめての人のようにも思われず、おととしの春にふと私から遠ざかっていった友人の久保君も、三四年まえのたしか今頃の季節に、きのう深田久弥に逢《あ》って来たと言い、日本人の作家には全く類がないくらいの、文学でないホオム・ライフを持っていて、あまり温順なので、こちらが腹の中で深田久弥の間抜野郎と呟《つぶや》いて笑っているようなひどくいけない錯覚がひらひらちらついて困惑するほど、それほどたまらなく善良の人がらなのだよ、と私に教えて呉れたことがあったけれど、いま私も、こうして対坐《たいざ》して、ゆくりなく久保君の身のうえと、それから、「深田久弥の間抜野郎」を思い出し、悖礼《はいれい》の瘠狗《せきく》、千石船に乗った心地で、ずいぶん油断をしてしまった。いまさら、なにも、論戦しなければならぬ必要もなし、すべての言葉がめんどうくさくて、ながいこと二人、庭を眺めてばかりいた。私は形而《けいじ》下《か》的にも四《し》肢《し》を充分にのばして、そうして、今のこの私の豊沃《ほうよく》を、いったい、誰に教えてあげようか、保田《やすだ》與重郎《よじゅうろう》氏は涙さえ浮べて、なんどもなんども首肯《うなず》いて呉れるだろう。保田のそのうしろ姿を思えば、こんどは私が泣きたくなって、

——だんだん小説がむずかしくなって来て困ります。

——そう。……でも。

口ごもって居られた。不服のようであった。ウィルヘルム・マイスタアは、むずかしく考えて書いた小説ではなかった、と私はわれに優しく言い聞かせ、なるほど、なるほどと了解して、そうして、しずかな、あたたかな思いをした。私は、ふと象戯《しょうぎ》をしたく思って、どうでしょうと誘ったら、深田久弥も、にこにこ笑いだして、気がるく応じた。日本で一ばん気品が高くて、ゆとりある合戦をしようと思った。はじめは私が勝って、つぎには私が短気を起したものだから、負けた。私のほうが、すこし強いように思われた。深田久弥は、日本に於《お》いては、全くはじめての、「精神の女性」を創《つく》った一等の作家である。この人と、それから井《い》伏鱒二《ぶせますじ》氏を、もっと大事にしなければ。

——一対一ということにして。

私は象戯の駒《こま》を箱へしまいながら、

――他日、勝負をつけましょう。

これが深田氏の、太宰についてのたった一つの残念な思い出話になるのだ。「一対一。そのうち勝負をつけましょう、と言い、私もそれをたのしみにしていたのに。」

ここを訪《おとな》うみちみち私は、深田氏を散歩に誘い出して、一緒にお酒をたくさん呑もう悪い望や、そのほかにも二つ三つ、メフィストのささやきを準備して来た筈《はず》であったのに、このような物静かな生活に接しては、われの暴《あら》い息づかいさえはばかられ、一ひらの桜の花びらを、掌《てのひら》に載せているようなこそばゆさで、充分に伸ばした筈の四肢さえいまは萎縮《いしゆく》して来て、しだいしだいに息苦しく、そのうちにぽきんと音たててしょげてしまった。なんにも言えず飼い馴《な》らされた牝豹《めひよう》のように、そのままそっと、辞し去った。お庭の満開の桃の花が私を見送っていて、思わずふりかえったが、私は花を見て居るのではなかった。その満開の一枝に寒くぶらんとぶらさがっている縄きれを見つめていた。あの縄をポケットに仕舞って行こうか。門のそとの石段のうえに立って、はるか地平線を凝視し、遠あかねの美しさが五臓六腑《ごぞうろつぷ》にしみわたって、あのときは、つくづくわびしく、せつなかった。ひきかえして深田久弥にぶちまけ、二人で泣こうか。ばか。薄きたない。間一髪のところで、こらえた。この編上げの靴の紐《ひも》を二本つなぎ合せる。短かすぎるようならば、ズボン下の紐が二尺。きめてしまって、私は、大泥棒のように、どんどん歩いた。黄昏《たそがれ》の巷《ちまた》、風を切って歩いた。路傍のほの白き日蓮上人《にちれんしょうにん》、辻説法跡《つじせっぽうあと》の塚《つか》が、ひゅっと私の視野に飛び込み、時われに利あらずという思いもつかぬ荒い言葉が、口をついて出て、おや？　と軽くおどろき、季節に敗《ま》けたから死ぬるのか、まさか、そうではあるまいな？　と立ちどまって、詰問《きつもん》した。否《いな》、との応《こた》えを得て、こんどはのろのろ歩きはじめた。死んでしまったほうが安楽であるという確信を得たならば、ためらわずに、死ね！　なんのとがもないのに、わがいのちを断って見せるよりほかには意志表示の仕方を知らぬ怜悧《れいり》なるがゆえに、慈愛ふかきがゆえに、一掬《いっきく》の清水ほど弱い、これら一むれの青年を、ふびんに思うよ。死ぬるがいいとすすめることは、断じて悪魔のささやきでないと、立証し得るうごかぬ哲理の一体系をさえ用意していた。そうして、その夜の私にとって、縊死《いし》は、健康の処生術に酷似していた。綿密の損得勘定の結果であった。私は、猛《たけ》く生きとおさんがために、死ぬるのだ。いまさら問答は無用であろう。死ぬることへ、まっすぐに一すじ、明快、完璧《かんぺき》の鋳型《いがた》ができていて、私は、鎔《と》かされた鉛のように、鋳型へさっと流れ込めば、それでよかった。何故《なにゆえ》に縊死の形式を選出したのか。スタヴロギンの真似《まね》ではなかった。いや、ひょっとすると、そうかも知れない。自殺の虫の感染は、黒死病の三倍くらいに確実でその波紋のひろがりは、王宮のスキャンダルの囁《ささや》きよりも十倍くらい速かった。縄に石鹸《せっけん》を塗りつけるほどに、細心に安楽の往生を図ることについては、私も至極賛成であって、甥《おい》の医学生の言に依っても、縊死は、この五年間の日本に於いて八十七パアセント大丈夫であって、しかもそのうえ、ほとんど無苦痛なそうではないか。いちどは薬品で失敗した。いちどは入水《じゆすい》して失敗した。日本のスタヴロギン君には、縊死という手段を選出するのに、永《なが》いこと部屋をぐるぐる歩きまわってあれこれと思い煩《わずら》う必要がなかったのである。宿屋へ泊って、からだを洗い、宿の、ま新らしい浴衣《ゆかた》を着て、きれいに死にたく思ったけれども、私のからだが、その建築物に取りかえしのつかぬ大きい傷を与え、つつましい一家族の、おそらくは五、六人のひとを悲惨の境遇に蹴《け》落《おと》すのだということに思いいたり、私は鎌倉駅まえの花やかな街道の入口まで来て、くるりと廻れ右して、たったいま、とおって来たばかりの小暗《おぐら》き路をのそのそ歩いた。駅の附近のバアのラジオは私を追いかけるようにして、いまは八時に五分まえである。台湾はいま夕立ち、日本ヨイトコの実況放送はこれでお仕舞いである、と教えた。おそくまでまごついて居れば、すぐにも不審を起されるくらいに、人どおりの無い路であった。善は急げ、というユウモラスな言葉が胸に浮んで、それから、だしぬけに二、三の肉親の身の上が思い出され、私は道のつづきのように路傍の雑木林へはいっていった。ゆるい勾配《こうばい》の、小高い岡になっていて、風は、いまだにおさまらず、さっさつと雑木の枝を鳴らして、少なからず寒く思った。夜の更《ふ》けるとともに、私の怪しまれる可能性もいよいよ多くなって来たわけである。人がこわくてこわくて、私は林のさらに奥深くへすすんでいった。いってもいっても、からだがきまらず、そのうちに、私のすぐ鼻のさき、一丈ほどの赤土の崖《がけ》がのっそり立った。見あげると、その崖のうえには、やしろでもあるのか、私の脊丈《せたけ》くらいの小さい鳥居が立っていて、常磐木《ときわぎ》が、こんもりと繁《しげ》り、その奥ゆかしさが私をまねいて、私は、すすきや野いばらを掻《か》きわけ、崖のうえにゆける路を捜したけれども、なかなか、それらしきものは見当らず、ついには、崖の赤土に爪《つめ》を立て立て這《は》い登り、月の輪の無い熊《くま》、月の輪の無い熊、と二度くりかえして呟いた。やっとのことで崖の上までたどりつき、脚下の様を眺めたら、まばらに散在している鎌倉の街の家々の灯が、手に取るように見えたのだ。熊は、うろうろ場所を捜した。薬品に依って頭脳を麻痺《まひ》させているわけでもなし、また、お酒に勢いを借りているわけでもない。ズボンのポケットには二十円余のお金がある。私は一糸みだれぬ整うた意志でもって死ぬるのだ。見るがよい。私の知性は、死ぬる一秒まえまで曇らぬ。けれどもひそかに、かたちのことを気にしていたのだ。清潔な憂悶《ゆうもん》の影がほしかった。私の腕くらいの太さの枝にゆらり、一瞬、藤《ふじ》の花、やっぱりだめだと望を捨てた。憂悶どころか、阿呆《あほう》づら。しかも噂《うわさ》と事ちがって、あまりの痛苦に、私は、思わず、ああっ、と木霊《こだま》するほど叫んでしまった。楽じゃないなあ、そう呟いてみて、その己《おの》れの声が好きで好きで、それから、ふっとたまらなくなって涙を流した。死ぬる直前の心には様様の花の像が走馬燈《そうまとう》のようにくるくるまわって、にぎやかなものの由《よし》であるが、けれども私は、さっぱりだめであった。私は釣り上げられたいもりの様にむなしく手足を泳がせた。かたちの間抜けにしんから閉口して居ると、私の中のちゃちな作家までが顔を出して、「人間のもっとも悲痛の表情は涙でもなければ白髪でもなし、まして、眉間《みけん》の皺《しわ》ではない。最も苦悩の大いなる場合、人は、だまって微笑《ほほえ》んでいるものである。」虫の息。三十分ごとに有るか無しかの一呼吸をしているように思われた。蚊の泣き声。けれども痛苦はいよいよ劇《はげ》しく、頭脳はかえって冴《さ》えわたり、気の遠くなるような前兆はそよともなかった。こうして喉《のど》の軟骨のつぶれるときをそれこそ手をつかねて待っていなければいけないのだ。ああ、なんという、気のきかない死にかたを選んだものか。ドストエーフスキイには縊死の苦しさがわからなかった。私は、はっきり眼を開いて、気の遠くなるのをひたすら待った。しかも私は、そのときの己れの顔を知っていたのだ。はっきりと、この眼に見えるのであった。顔一めんが暗紫色、口の両すみから真白い泡《あわ》を吹いている。この顔とそっくりそのままのふくれた河豚《ふぐ》づらを、中学時代の柔道の試合で見たことがあるのだ。そんなに泡の出るほどふんばらずとも、と当時たいへん滑稽《こっけい》に感じていた、その柔道の選手を想起したとたんに私は、ひどくわが身に侮辱を覚え、怒りにわななき、やめ！　私は腕をのばして遮二無二《しゃにむに》枝につかまった。思わず、けだもののような咆哮《ほうこう》が腹の底から噴出した。一本の外国煙草がひと一人の命と立派に同じ価格でもって交換されたという物語。私の場合、まさにそれであった。縄を取去り、その場にうち伏したまま、左様、一時間くらい死人のようにぐったりしていた。蟻《あり》の動くほどにも動けなかった。そのときポケットの中の高価の煙草を思い出し、やたらむしょうに嬉《うれ》しくなって、はじかれたように、むっくり起きた。ふるえる手先で煙草の封をきって一本を口にくわえた。私のすぐうしろ、さらさらとたしかに人の気配がした。私はちっともこわがらず、しばらくは、ただ煙草にふけり、それからゆっくりうしろを振りかえって見たのであるが、小さい鳥居が月光を浴びて象牙《ぞうげ》のように白く浮んでいるだけで、ほかには、小鳥の影ひとつなかった。ああ、わかった。いまのあのけはいは、おそらく、死神の逃げて行った足音にちがいない。死神さまにはお気の毒であったが、それにしても、煙草というものは、おいしいものだなあ。大家にならずともよし、傑作を書かずともよし、好きな煙草を寝しなに一本、仕事のあとに一服。そのような恥かしくも甘い甘い小市民の生活が、何をかくそう、私にもむりなくできそうな気がして来て、俗的なるものの純粋度、という緑青畑《ろくしょう》の妖雲論者《よううんろんしゃ》にとっては頗《すこぶ》るふさわしからぬ題目について思いめぐらし、眼は深田久弥のお宅の灯を、あれか、これか、とのんきに捜し需《もと》めていた。

ああ、思いもかけず、このお仕合せの結末。私はすかさず、筆を擱《お》く。読者もまた、はればれと微笑んで、それでも一応は用心して、こっそり小声でつぶやくことには、

——なあんだ。

虚構の春

師走《しわす》上旬

月日。

「拝復。お言いつけの原稿用紙五百枚、御入手の趣、小生も安心いたしました。毎度の御引立、あり難く御礼を申しあげます。しかも、このたびの御手簡には、小生ごときにまで誠実懇切の御忠告、あまり文壇通をふりまわさぬよう、との御言葉。何だか、どしんとたたきのめされた気持で、その日は自転車をのり廻しながら一日中考えさせられました。というのは、実を言えば貴下と吉田さんにはそういった苦言をいつの日か聞かされるのではないかと、かねて予感といった風のものがあって、その痛いところをざくり突かれた形だったからです。然《しか》し、そう言いながらも御手紙は、うれしく拝見いたしました。そうして貴下の御心配下さる事柄に対して、小生としても既に訂正しつつあるということを御報告したいのです。それは前陣の、予感があったという、それだけでも、うなずいて頂けると思います。何はしかれ、御手紙をうれしく拝見したことをもう一度申し上げて万事は御察し願うと共に貴下をして、小生を目してきらいではない程のことでは済まされぬ、本当に好きだといって貰《もら》うように心掛けることにいたします。吉田さんへも宜《よろ》しく御伝え下され度《たし》。小生と逢《あ》っても小生が照れぬよう無言のうちに有無相通ずるものあるよう御取はからい置き下され度、右御願い申しあげます。なお、この事、既に貴下のお耳に這入《はい》っているかも知れませんが、英雄文学社の秋葉*さんのおっしゃるところに依《よ》れば、先々月の所謂《いわゆる》新人四名の作品のうち、貴下のが一番評判がよかったのでまたこの次に依頼することになっているという話です。私は商人のくせに、ひとに対して非常に好き、きらいがあって、すきな人のよい身のうえ話は自分のことのようにうれしいのです。私は貴下が好きなので、如上《じよじよう》の自分の喜びを頒《わか》つ意味と、若《も》し秋葉*さんの話が貴下に初耳ならば、御仕事をなさる上にこの御知らせが幾分なりとも御役に立つのではないかと実はこの手紙を書きました。そうして、貴下の潔癖が私のこのやりかたを又怒らせるのではないかとも一応は考えてみましたが、私の気持ちが純粋である以上、若しこれを怒るならばそれは怒る方が間違いだとも考えて敢《あ》えてこの御知らせをする次第です。但《ただ》し貴下に考慮に入れて貰いたいのは、私のきらいな人というのは、私の店の原稿用紙をちっとも買ってくれない人を指《さ》して居るのではなく、文壇に在《あ》って芸術家でもなんでもない心の持主を意味して居《お》ります。尠《すく》なくともこの間に少しも功利的の考えを加えて居らぬことです。せめてこのことだけでも貴下にかって貰いたいものです。――まだ、まだ、言いたいことがあるのですけれども、私の不文が貴下をして誤解させるのを恐れるのと、明日又かせがなければならぬ身の時間の都合で、今はこれをやめて雨天休業の時にでもゆっくり言わせて貰います。なお、*秋葉さんの話は*佐藤家から聞きましたが、貴下にこの手紙書いたことが知れて、いらぬ饒舌《じょうぜつ》したように思われては心外であるのみならず、*秋葉さんに対しても一寸《ちょっと》責任を感じますので、貴下だけの御含みにして置いて頂きたいと思います。然し私は話の次手《ついで》にお得意先の二、三の作家へ、ただまんぜんと、太宰さんのが一ばん評判がよかったのだそうですね位のことはいうかも分りません。そうして、かかることについても、作家の人物月旦《げったん》やめよ、という貴下の御叱正《しっせい》の内意がよく分るのですけれども私には言いぶんがあるのです。まだ、まだ、言いたいことがあると申し上げる所以《ゆえん》なのです。いずれ書きます。どうぞからだを大事にして下さい。不文、意をつくしませぬが、御判読下さいまし。十一月二十八日深夜二時。十五歳八歳当歳の寝息を左右に聞きながら蒲団《ふとん》の中、腹這《はらば》いのままの無礼を謝しつつ。田所美《よし》徳《のり》。太宰治様。」

「拝啓。歴史文学所載の貴文愉快に拝読いたしました。上田など小生一高時代からの友人ですが、人間的に実にイヤな奴《やつ》です。而《しか》るに吉田潔なるものが何か十一月号で上田などの肩を持ってぶすぶすいってるようですが、若し宜《よろ》しいようでしたら、匿名《とくめい》でも結構ですから何かアレについて一言御書き下さる訳には参りませんかしら。十二月号を今編輯《へんしゆう》していますので、一両日中に頂けますと何よりです。どうか御聞きとどけ下さいますよう御願い申します。十一月二十九日。*粟飯原梧楼《あいはらごろう》。太宰治様。ヒミツ絶対に厳守いたします。本名で御書き下さらば尚うれしく存じます。」

「拝復。めくら草紙の校正たしかにいただきました。御配慮恐入ります。只今《ただいま》校了をひかえ、何かといそがしくしております。いずれ。匆々《そうそう》。相馬閏二《そうまじゆんじ》。」

月日。

「近頃、君は、妙に威張るようになったな。恥かしいと思えよ。（一行あき。）いまさら他の連中なんかと比較しなさんな。お池の岩の上の亀《かめ》の首みたいなところがあるぞ。（一行あき。）*お金はいったら知らせてくれ。どうやら、君より、俺《おれ》の方が楽しみにしているようだ。（一行あき。）たかだか短篇二つや三つの註文《ちゆうもん》で、もう、天下の太宰治じゃあちょいと心細いね。君は有名でない人間の嬉《うれ》しさを味《あじわ》わないで済んでしまったんだね。吉田潔。太宰治へ。ダヌンチオは十三年間黙って湖畔で暮していた。美しいことだね。」

「何かの本で、君のことを批評した言葉のなかに、傲慢《ごうまん》の芸術云々《うんぬん》という個所があった。評者は君の芸術が、それを失《な》くした時、一層面白い云々、と述べていた。ぼくは、この意見に反対だ。ぼくには、太宰治が泣き虫に見えてならぬ。ぼくが太宰治を愛する所以でもあります。暴言ならば多謝。この泣き虫は、しかし、岩のようだ。飛沫《ひまつ》を浴びて、歯を食いしばっている——。ずいぶん、逢わないな。——He is not what he was. か。世田谷、林彪太郎《ひょうたろう》、太宰治様。」

月日。

「貴兄の短篇集のほうは、年内に、少しでも、校正刷お目にかけることができるだろうと存じます。貴兄の御厚意身に沁《し》みて感佩《かんぱい》しています。或《あ》いは御厚意裏切ること無いかと案じています。では、取急ぎ要用のみ。前略、後略のまま。大森書房内、高折茂。太宰学兄。」

「僕はこの頃緑雨《りょくう》の本をよんでいます。この間うちは文部省出版の明治天皇御集《ぎょしゅう》をよんでいました。僕は日本民族の中で一ばん血統の純粋な作品を一度よみたく存じとりあえず歴代の皇室の方方の作品をよみました。その結果、明治以降の大学の俗学たちの日本芸術の血統上の意見の悉皆《しっかい》を否定すべき見解にたどりつきつつあります。君はいつも筆の先を尖《と》がらせてものかくでしょう。僕は君に初めて送る手紙のために筆の先をハサミで切りました。もちろんこのハサミは検閲官のハサミでありません。その上、君はダス・マンということを知っているでしょう、デル・マンではありません。だから僕は君の作品に於《お》いて作品からマンの加減乗除を考えません。自信を持つということは空中楼閣を築く如《ごと》く愉快ではありませんか。ただそのために君は筆の先をとぎ僕はハサミを使い、そのときいささかの滞りもなく、僕も人を理解したと称します。法隆寺の塔を築いた大工はかこいをとり払う日まで建立《こんりゅう》の可能性を確信できなかったそうです。それでいてこれは凡《およ》そ自信とは無関係と考えます。のみならず彼は建立が完成されても、囲をとり払うとともに塔が倒れても、やはり発狂したそうです。こういう芸術体験上の人工の極致を知っているのはおそらく君でしょう。それゆえ、あなたは表情さえ表現しようとする、当節誇るべき唯一《ゆいいつ》のことと愚按《ぐあん》いたします。*あなたが酒をのみ煙草《たばこ》を吸っていると聞きました、それであなたは朝や夕べに手洗をつかうことも誇るがいいでしょう。そういう精神が涵養《かんよう》されなかったために未《いま》だに日本新文学が傑作を生んでいない、あなたはもっと誇りを高く高くするがいい。永野喜美代。太宰治君。」

「わずかな興を覚えた時にも、彼はそれを確める為《ため》に大声を発して笑ってみた。ささやかな思い出に一滴の涙が眼がしらに浮ぶときにも、彼はここぞと鏡の前に飛んでゆき、自らの悲歎《ひたん》に暮れたる侘《わび》しき姿を、ほれぼれと眺《なが》めた。取るに足らぬ女性の嫉妬《しっと》から、些《いささ》かの掠《かす》り傷《きず》を受けても、彼は怨《うら》みの刃《やいば》を受けたように得意になり、たかだか二万法《フラン》の借金にも、彼は、（百万法の負債に苛責《さいな》まれる天才の運命は悲惨なる哉《かな》。）などと傲《ごう》語《ご》してみる。彼は偉大なのらくら者、悒鬱《ゆううつ》な野心家、華美な薄倖児《はっこうじ》である。彼を絶えず照した怠惰の青い太陽は、天が彼に賦与《ふよ》した才能の半ばを蒸発させ、蚕食した。巴《パ》里《リ》、若しくは日本高円寺《こうえんじ》の恐るべき生活の中に往々見出《みいだ》し得るこの種の『半偉人』の中でも、サミユエルは特に『失敗せる傑作』を書く男であった。彼は彼の制作よりも寧《むし》ろ彼の為人《ひととなり》の裡《うち》に詩を輝かす病的、空想的の人物であった。未だ見ぬ太宰よ。ぶしつけ、ごめん下さい。どうやら君は、早合点をしたようだ。君は、ボオドレエルを摑《つか》むつもりで、ボ氏の作品中の人物を、両眼充血させて追いかけていた様だ。我は花にして花作り、我は傷にして刃、打つ掌にして打たるる頰《ほお》、四肢《しし》にして拷問車《ごうもんしゃ》、死刑囚にして死刑執行人。それでは、かなわぬ。むべなるかな、君を、作中人物的作家と称して、扇のかげ、ひそかに苦笑をかわす宗匠作家このごろ更に数をましている有様。しっかりたのみましたよ、だあさん。ほほ、ほほほ。ごぞんじより。笑っちゃいかん！　僕は金森重四郎という三十五歳の男だ。妻もいることだし、ばかにするな。いったい、どうしたというのだ、ばか‼」

「拝啓。益々《ますます》御健勝の段慶賀の至りに存じます。さて今回本紙に左の題材にて貴下の御寄稿をお願い致したく御多忙中恐縮ながら左記条項お含みの上何卒《なにとぞ》御承引のほどお願い申上げます。一、締切は十二月十五日。一、分量は、四百字詰原稿十枚。一、題材は、春の幽霊について、コント。寸志、一枚八円にて何卒。不馴《ふな》れの者ゆえ、失礼の段多かるべしと存じられ候《そうろう》が、只管《ひたすら》御寛恕《かんじょ》、御承引のほどお願い申上げます。師走九日。『大阪サロン』編輯部《へんしゆうぶ》、高橋安二郎。なお、挿絵《さしえ》のサンプルとして、三画伯の花鳥図同封、御撰定《せんてい》のうえ、大体の図柄御指示下されば、幸甚《こうじん》に存上候。」

月日。

「前略。ゆるし玉《たま》え。新聞きり抜き、お送りいたします。なぜ、こんなものを、切り抜いて置いたのか、私自身にも判明せず。今夜、フランス製、百にちかい青蛙《あおがえる》あそんでいる模様の、紅とみどりの絹笠《きぬがさ》かぶせた電気スタンドを十二円すこしで買いました。書斎の机上に飾り、ひさしぶりの読書したくなって、机のまえに正坐《せいざ》し、まず机の引き出しを整理し、さいころが出て来たので、二、三度、いや、正確に三度、机のうえでころがしてみて、それから、片方に白いふさふさの羽毛を附したる竹製の耳《みみ》搔《か》きを見つけて、耳穴を掃除し、二十種にあまるジャズ・ソングの歌詞をしるせる豆手帳のペエジをめくり、小声で歌い、歌いおわって、引き出しの隅《すみ》、一粒の南京豆《ナンキンまめ》をぽんと口の中にほうり込む。かなしい男なのです。そのとき、出て来たものは、この同封の切り抜きです。何か、お役に立ち得るような気がいたします。私は、白髪の貴方《あなた》を見てから死にたい。ことしの秋、私はあなたの小説をよみました。へんな話ですけれども、私は、友人のところであの小説を読んで、それから酒を呑《の》んで、そのうちに、おう、おう、大声を放って泣いて、途中も大声で泣きながら家へかえって、ふとんを頭からかぶって寝て、ぐっすりと眠りました。朝起きたときには、全部忘却して居りましたが、今夜、この切り抜きがまた貴方を思い出させました。理由は、私にも、よく呑みこめませぬが、とにかく、お送り申します。――慢性モヒ中毒。無苦痛根本療法。発明完成。主効、慢性阿片《あへん》、モルヒネ、パビナール、パントポン、ナルコポン、スコポラミン、コカイン、ヘロイン、パンオピン、アダリン等中毒。白石国太郎先生創製、ネオ・ボンタージン。文献無代贈呈。――寄席《よせ》芝居の背景は、約十枚でこと足ります。野面《のづら》。塀外《へいそと》。海岸。川端《かわばた》。山中。宮前。貧家。座敷。洋館なぞで、ここがどの狂言にでも使われます。だから床の間の掛物は年が年中、朝日と鶴《つる》、警察、病院、事務所、応接室なぞは洋館の背景一つで間に合いますし、また、云々《うんぬん》、――チャプリン氏を総裁に創立された馬鹿《ばか》笑いクラブ。左記の三十種の事物について語れば、即時除名のこと。四十歳、五十歳。六十歳。白髪。老妻。借銭。仕事。子息令嬢の思想。満洲《まんしゅう》国。その他。――あとの二つは、講談社の本の広告文です。近日、短篇集お出しの由《よし》、この広告文を盗みなさい。お読み下さい。ね。うまいもんでしょう？（何を言ってやがる。はじめから何も、聞いてやしない。）私に油断してはいけません。私は貴方の右足の小指の、黒い片端《かたわ》爪《づめ》さえ知っているのですよ。この五葉の切りぬきを、貴方は、こっそり赤い文箱《ふばこ》に仕舞い込みました。どうです。いやいや、無理して破ってはいけません。私を知っていますか？　知る筈《はず》は、ない。私は二十九歳の医者です。ネオ・ボンタージンの発明者、しかも永遠の文学青年、白石国太郎先生でありますぞ。（われながら、ちっともおかしくない。笑わせるのは、むずかしいものですね。）白石国太郎は冗談ですが、いつでもおいで下さい。私は、ばかのように見えながらも、実社会においては、なかなかのやり手なんだそうです。お手紙くだされば、私の力で出来る範囲内でベストをつくします。貴方は、もっともっと才能を誇ってよろし。芝区赤《あか》羽《ば》町一番地、白石生。太宰治大先生。或《あ》る種の実感を以《も》って、『大先生』と一点不自然でなく、お呼びできます。大先生とは、むかしは、ばかの異名だったそうですが、いまは、そんなことがない様で、何よりと愚考いたします。」

「治兄。兄の評判大いによろしい。そこで何か随筆を書くよう学芸のものに頼んだところ大乗気で却《かえ》って向うから是非書かしてくれということだ。新人の立場から、といったようなものがいい由。七、八枚。二日か三日にわけて掲載。アプトデートのテエマで書いてくれ。期日は、明後日正午まで。稿料一枚、二円五十銭。よきもの書け。ちかいうちに遊びに行く。材料あげるから、政治小説かいてみないか。君には、まだ無理かな？　東京日日新聞社政治部、飛島定城。*」

「謹啓。一面識ナキ小生ヨリノ失礼ナル手紙御読了被下度《くだされたく》候《そうろう》。小生、日本人ノウチデ、宗教家トシテハ内村鑑三《かんぞう》氏、芸術家トシテハ岡倉天心《てんしん》氏、教育家トシテハ井上哲次郎氏、以上三氏ノ他《ほか》ノ文章ハ、文章ニ似テ文章ニアラザルモノトシテ、モッパラ洋書ニ親シミツツアルモ、最近、貴殿ノ文章発見シ、世界ニ類ナキ銀鱗《ぎんりん》躍動、マコトニ間一髪、アヤウク、ハカナキ、高尚ノ美ヲ蔵シ居ルコト観破仕《つかまつ》リ、以来貴作ヲ愛読シ居ル者ニテ、最近、貴殿著作集『晩年』トヤラン出版ノオモムキ聞キ及ビ候ガ御面倒ナガラ発行所ト如何《いか》ナル御作、集録サレ候ヤ、マタ、貴殿ノ諸作ニ対スル御自身ノ感懐ヲモ御モラシ被下度伏シテ願上候。御返信ネガイタク、参銭切手、二枚。葉書、一枚。同封仕リ候。封書、葉書、御意《ぎょい》ノ召スガママニ御染筆ネガイ上候。ナオマタ、切手、モシクハ葉書、御不用ノ際ハソノママ御返送ノホドオ願イ申上候。太宰治殿。

＊菅沢《すがざわ》忠一。二伸。当地ハ成田山新勝寺オヨビ三里塚《さんりづか》ノ近クニ候エバ当地ニ御光来ノ節ハ御案内仕ル可《べ》ク候。」

月日。

「俺《おれ》たち友人にだけでも、けちなポオズをよしたら、なにか、損をするのかね。ちょっと、日本中に類のない愚劣頑迷《がんめい》の御手簡、ただいま覗《のぞ》いてみました。太宰！　なんだ。『許す。』とは、なんだ。バカ！　ふん、と鼻で笑って両手にまるめて窓から投げたら、桐《きり》の枝に引かかったっけ。俺は、君よりも優越している人間だし、君は君もいうように『ひかれ者の小唄《こうた》』で生きているのだし、僕はもっと正しい欲求で生きている。君の文学とかいうものが、どんなに巧妙なものだか知らないが、タカが知れているではないか。君の文学は、猿面《さるめん》冠者のお道化に過ぎんではないか。僕は、いつも思っていることだ。君は、せいぜい一人の貴族に過ぎない。けれども、僕は王者を自ら意識しているのだ。僕は自分より位の低いものから、訳のわからない手紙を貰《もら》ったくらいにしか感じなかった。僕は自分の感情を偽って書いてはいない。よく読んで見給《たま》え。僕の位は天位なのだ。君のは人爵《じんしゃく》に過ぎぬ。許す、なんて芝居の台詞《せりふ》がかった言葉は、君みたいの人は、僕に向って使えないのだよ。君は、君の身のほどについて、話にならんほどの誤算をしている。ただ、君は年齢も若いのだし、まだ解《わか》らぬことが沢山あるのだし、僕にもそういう時代があったのだから黙っていただけの話だ。君のこのたびの手紙の文章については、いろいろ解釈してみたが、『こんどだけ』という君の誇張された思い上りは許し難い。きっぱりと黙殺することに腹を決めたのだが、恰度《ちょうど》今日仕事の机にむかって坐《すわ》った時、ふと、返事でも書いてみるかという気になってこれを書いた。じたい、二十歳台の若者と酒汲《く》みかわすなんて厭《いや》なものだと思っていたのだ。君は二十九歳十カ月くらいのところだね。芸者ひとり招《よ》べない。碁ひとつ打てん。つけられた槍《やり》だ。いつでもお相手するが、しかし、君は、佐藤春夫《はるお》ほどのこともない。僕は、あの男のためには春夫論を書いた。けれども、君に対しては、常に僕の姿を出して語らなければ場面にならないのだ。君は、長沢伝六と同じように――むろん、あれほどひどくはないが、けれども、やっぱり僕の価値を知らない。君は、まだ、僕の『つぼ』をうったことは曾《か》ってないのだ。倉田百三《ひゃくぞう》か。山本有三《ゆうぞう》かね。『宗教』といわれて、その程度のことしか思い浮ばんのかね。僕は、君のダス・ゲマイネを見たと思ったよ。けれども、別に僕は怒りもしなかった。すると、なんだい、『ゆるす』っていうのは。僕は、君が『許して呉《く》れ。』というのをそう表現したのかとさえ思ったほどである。それから、ずっと後でなにか道を歩いていた時、ははあと漸《ようや》く多少思ったこともある。けれども、それは僕が次第にほんとの姿を現わし始めたことに過ぎないのだ。あの夜は、この温情家たる僕に、ひとつの明確な酷点を教示した。君のゆるせなかったもの、それは、僕の酷点のひとつに相違ない。『われ、太陽の如《ごと》く生きん。』僕の足もとに膝《ひざ》まずいて、君が許せないと感じたものを白状して御覧。君は、そういう場合、まるで非芸術のように頑固《がんこ》で、理由なしに、ただ、左を右と言ったものだが、温良に正直にすべてを語って御覧。誰も聞いていないのだよ。一生に最初の一度。嘘《うそ》でも、また、ひかれ者の小唄でもないもの。まともなことを正直に僕に訴えて見給え。君は、なにか錯覚に墜《お》ちている。僕を、太陽のように利用し給え。*この仕事は、正当に、最後のものにするかも知れぬ。僕は頑固者は嫌《きら》いである。それは黙殺にしか値しない。それは田舎者《いなかもの》だ。『君は何を許し難かったのか。』恥かしがらずに僕に話して見給え。はじらいを。君は、僕に惚《ほ》れているのだ。どうかね。ゆるすなんて、美しい寡婦のようなことを言いなさんな。僕は、君が僕に献身的に奉仕しなければもう船橋の大本教《おおもときよう》には行かぬつもりだ。僕たち、二三の友人、つね日頃、どんなに君につくして居るか。どれだけこらえてゆずってやって居るか。どれだけ苦しいお金を使って居るか。きょうの君には、それら実相を知らせてあげたい。知ったとたんに、君は、裏の線路に飛び込むだろう。さなくば僕の泥足に涙ながして接吻《せつぷん》する。

君にして、なおも一片の誠実を具有していたなら！　吉田潔。」

中　旬

月日。

「拝呈。過刻は失礼。『道化の華《はな》』早速《さっそく》一読甚《はなは》だおもしろく存じ候《そうろう》。無論及第点をつけ申し候。『なにひとつ真実を言わぬ。けれども、しばらく聞いているうちには思わぬ拾いものをすることがある。彼等《ら》の気取った言葉のなかに、ときどきびっくりするほど素直なひびきの感ぜられることがある。』という篇中のキイノートをなす一節がそのままうつして以《もっ》てこの一篇の評語とすることが出来ると思います。ほのかにもあわれなる真実の蛍光《けいこう》を発するを喜びます。恐らく真実というものは、こういう風にしか語れないものでしょうからね。病床の作者の自愛を祈るあまり慵斎《ようさい》主人、特に一書を呈す。何とぞおとりつぎ下さい。十日深夜、否《いな》、十一日朝、午前二時頃なるべし。*佐藤春夫《はるお》。吉田潔様硯北《けんぽく》。」

「どうだい。これなら信用するだろう。いま大わらわでお礼状を書いている仕末だ。太陽の裏には月ありで、君からもお礼状を出して置いて下さい。吉田潔。幸福な病人へ。」

「謹啓。御多忙中を大変恐縮に存じますが、本紙新年号文芸面のために左の玉稿たまわりたく、よろしくお願いいたします。一、先輩への手紙。二、三枚半。三、一枚二円余。四、今月十五日。なお御面倒でしょうが、同封のハガキで御都合折り返しお知らせ下さいますようお願いいたします。東京市麴町《こうじまち》区内幸町《うちさいわいちょう》武蔵野《むさしの》新聞社文芸部、長沢伝六。太宰治様、侍史。」

月日。

「おハガキありがとう。元旦号《がんたんごう》には是非お願いいたします。おひまがありましたら十枚以上を書いていただきたい。（一行あき。）飛島君*と先般逢《あ》ったが、相変らず元気、あの男の野性的親愛は、実に暖くて良い。あの男をもっと偉くしたい。（一行あき。）私は明日からしばらく西津軽、北津軽両郡の凶作地を歩きます。今年の青森県農村のさまは全く悲惨そのもの。とても、まともには見られない生活が行列をなし、群落をなして存在している。（一行あき。）貴兄のお兄上は、県会の花。昨今ますます青森県の重要人物らしい貫禄《かんろく》を具《そな》えて来ました。なかなか立派です。人の応待など出来て来ました。あのまま伸びたら、良い人物になり社会的の働きに於《お》いても、すぐれたる力《りき》倆《りよう》を示すのも遠い将来ではございますまい。二十五歳で町長、重役頭取。二十九歳で県会議員。男ぶりといい、頭脳といい、それに大へんの勉強家。愚弟太宰治氏、なかなか、つらかろと御推察申しあげます。ほんとに。三日深夜。粉雪さらさら。*東奥《とうおう》日報社整理部、竹内俊吉。*アザミの花をお好きな太宰君。」

「太宰先生。一大事。きょう学校からのかえりみち、本屋へ立ち寄り、一時間くらい立読していたが、心細いことになっているのだよ。講談倶楽部《クラブ》の新年附録、全国長者番附を見たが、僕の家も、君の家も、きれいに姿を消して居る。いやだね。君の家が、百五十万、僕のが百十万。去年までは確かにその辺だった。毎年、僕は、あれを覗《のぞ》いて、親爺《おやじ》が金ない金ない、と言っても安心していたのだが、こんどだけは、本当らしいぞ。対策を考究しようじゃないか。こまった。こまった。清水忠治。太宰先生、か。」

月日。

「冠省。へんな話ですが、お金が必要なんじゃないですか？　二百八十円を限度として、東京朝日新聞よろず案内欄へ、ジュムゲジュムゲジュムゲのポンタン百円、（もしくは二百円でも、御入用なだけ）食いたい。呑《の》みたい。イモクテネ。と小さい広告おだしになれば、その日のうちにお金、お送り申します。五年まえ、おたがいに帝大の学生でした。あなたは藤棚《ふじだな》の下のベンチに横《よこたわ》り、いい顔をして、昼寝していました。私の名は、カメよカメよ、と申します。」

月日。

「きょうは妙に心もとない手紙拝見。熱の出る心配があるのにビイルをのんだというのは君の手落ちではないかと考えます。君に酒をのむことを教えたのは僕ではないかと思いますが、万一にも君が酒で失敗したなら僕の責任のような気がして僕は甚《はなは》だ心苦しいだろう。すっかり健康になるまで酒は止《よ》したまえ。もっとも酒について僕は人に何も言う資格はない。君の自重をうながすだけのことである。送金を減らされたそうだが、減らされただけ生活をきりつめたらどんなものだろう。生活くらい伸びちぢみ自在になるものはない。至極簡単である。原稿もそろそろ売れて来るようになったので、書きなぐらないように書きためて大きい雑誌に送ること重要事項である。君は世評を気にするから急に淋《さび》しくなったりするのかもしれない。押し強くなくては自滅する。春になったら房州南方に移住して、漁師の生活など見ながら保養するのも一得ではないかと思います。いずれは仕事に区切りがついたら＊伊馬《いま》君といっしょに訪《たず》ねたいと思います。しばらく会わないので伊馬君の様子はわからない。きょう、只今《ただいま》徹夜にて仕事中、後略のまま。津島修二様。鱒二《ますじ》。」

月日。

「玉稿昨日頂戴《ちょうだい》しました。先日、貴兄からのハガキどういう理由だかはっきりしなかったところ、昨日の原稿を読んで意味がよくわかりました。先日の僕の依頼の手紙に就《つい》て、態度がいけなかったら御免なさい。実はあの手紙、大変忙しい時間に、社の同僚と手分けして約二十通ちかくを（先輩の分と新人の分と）書かねばならなかったので、君の分だけ、個人的な通信を書いている時機がなかった。稿料のことを書かないのは却《かえ》って不徳義故《ゆえ》誰にでも書くことにしている。一緒に依頼した共通の友人、菊地千秋君にも、その他の諸君にも、みんな同文のものを書いただけだ。君にだけ特別個人的に書けばよかったのであろうが、そういう時間がなかったことは前述の通りだ。あの依頼の手紙を書いて、君の気持を害《そこな》う結果になろうとは夢にも思わなかったし、悪意をもってああいうことをお願いするほど愚かな者もいないだろう。君が神経質になり過ぎているものとしか、僕には考えられない。君が僕に友情をもっていてくれるのなら、君こそ、そういう小さなことを、悪く曲解する必要はないではないか。尤《もっと》も、君が痛罵《つうば》したような態度を、平生僕がとっているとすれば、（君には勿論《もちろん》そういう態度をとったこともなければ、あの手紙がそういう態度に出たものでないことは前述の通りだ。）僕は反省しなければならぬし、自分の生活に就ても考えなければならない、事実考えてもいる。君がほんとの芸術家なら、ああいう依頼の手紙を書く者と、貰《もら》う者と、どちらがわびしい気持ちで生きているかは容易に了解できることと思う。兎《と》に角《かく》、あの原稿は徹頭徹尾、君のそういう思い過しに出ているものだから、大変お気の毒だけれども書き直してはくれないだろうか、どうしても君が嫌《いや》だと云《い》えば、致《いた》し方がないけれども、こういう誤解や邪推に出発したことで君と喧嘩《けんか》したりするのは、僕は嫌だ。僕が君を侮じょくしたと君は考えたらしいけれど兎に角、僕はあの原稿の極端なる軽べつにやられて昨夜は殆《ほと》んど一睡もしなかった。先日のあの僕の手紙のことに関する誤解は一掃してほしい。そして、原稿も書き直してほしい。これはお願いだ、君はああいうことで（然《しか》も、君自身の誤解で）非常に怒ったけれど、そういうことを一々怒っていては、僕など、一日に幾度怒っていなければならぬか、数えあげられるものではない。君が精いっぱいに生きているように、僕だって精いっぱいで生きているのだ。君のこれからのことや、僕のこれからのことや、そういうことは、こんど会った時、話したい。一度、君の病床に訪《たず》ねて、いろいろ話したいと思っているのだけれど、僕も大変多忙な上に、少々神経衰弱気味で参っているのだ。正月にでもなったら、ゆっくりお訪ねできることと思う。永野、吉田両君には先夜会った。神経をたかぶらせないでお身お大事に勉強してほしい。社の余暇を盗んで書いたので意を尽せないところが多いだろうが、折り返し、御返事をまちます。武蔵野新聞社、学芸部、長沢伝六。太宰治様。追伸、尚《なお》原稿書き直して戴《いただ》ければ、二十五日まで結構だ。それから写真を一枚、同封して下さい。いろいろ面倒な御願いで恐縮だがなにとぞよろしく。乱筆乱文多謝。」

「ちかごろ、毎夜の如《ごと》く、太宰兄についての、薄気味わるい夢ばかり見る。変りは、あるまいな。誓います。誰にも言いません。苦しいことがあるのじゃないか。事を行うまえに、たのむ、僕にちょっと耳打ちして呉《く》れ。一緒に旅に出よう。上海《シャンハイ》でも、南洋でも、君の好きなところへ行こう。君の好いている土地なら、津軽だけはごめんだけれど、あとは世界中いずこの果にても、やがて僕もその土地を好きに思うようになります。これぼっちも疑いなし。旅費くらいは、私かせぎます。ひとり旅をしたいなら、私はお供いたしませぬ。君、なにも、していないだろうね？　大丈夫だろうね？　さあ、私に明朗の御返事下さい。黒田重治。太宰治学兄。」

「貴翰拝誦《きかんはいしょう》。病気恢復《かいふく》のおもむきにてなによりのことと思います。土佐から帰って以来、仕事に追われ、見舞にも行けないが、病気がよくなればそれでいいと思っている。今日は十日締切の小説で大童《おおわらわ》になっているところ。新ロマン派の君の小説が*佐藤氏の推讃《すいさん》するところとなって、君が発奮する気になったとは二重のよろこびである。自信さえあれば、万事はそれでうまく行く。文壇も社会も、みんな自信だけの問題だと、小生痛感している。その自信を持たしてくれるのは、自分の仕事の出来栄《できば》えである。循環する理論である。だから自信のあるものが勝ちである。拙宅の赤んぼさんは、大《だい》介《すけ》という名前の由《よし》。小生旅行中に女房が勝手につけた名前で、小生の気に入らない名前である。しかし、最早《もは》や御近所へ披露してしまった後だから泣寝入りである。後略のまま頓首《とんしゅ》。大事にしたまえ。*伊馬君、旅行から帰って来た由。*井伏鱒二。津島君。」

月日。

「返事よこしてはいけないと言われて返事を書く。一、長編のこと、云われるまでもなく早まった気がして居る。屑物屋《くずものや》へはらうつもりで承知してしまったのだが、これはしばらく取消しにしよう。この手紙といっしょに延期するむね葉書かいた。どうせ来年の予定だったから、来年までには、僕も何とかなるつもりでいた——が、それまでに一人前になれるかどうか、疑問に思われて来た。『新作家』へは、今度書いた百枚ほどのもの連載しようと思っている。あの雑誌はいつまでも、僕を無名作家にしたがっている。『月夜の華《はな》』というのだ。下手《へた》くそにいっていたとしても、むしろ、この方を宣伝して呉れ。提灯《ちょうちん》をもつことなんて一番やさしいことなんだから。二、僕と君との交友が、とかく、色眼鏡でみられるのは仕方がないのではないかな。中畑というのにも僕は一度あってるきりだし、世間さまに云わせたら、僕が君をなんとかしてケチをつけたい破目《はめ》に居そうにみえるのではないかしら。僕だけの耳へでも、僕が君をいやみに言いふらして居るらしい噂《うわさ》が聞えてくる。そして人からいろいろ、忠告されたりする。構わんじゃろ。君と僕が対立的にみられるのは僕にはかえって面白いくらいだ。たとえばポオとレニンが比較されて、ポオがレニンに策士だといって蔭口《かげぐち》をきいたといった風なゴシップは愉快だからな。何よりも僕の考えていることは、友人《ゆうじん》面《づら》をしてのさばりたくないことだ。君の手紙のうれしかったのは、そんな秘《かく》れた愛情の支持者があの中にいたことだ。君が神なら僕も神だ。君が葦《あし》なら――僕も葦だ。三、それから、君の手紙はいくぶんセンチではなかったか。というのは、よみながら、僕は、涙が出るところだったからだ。それを僕のセンチに帰するのは好《よ》くない。ぼくは、恋文を貰った小娘のように顔をあからめていた。四、これが君の手紙への返事だったら破いて呉れ。僕としては依頼文のつもりだった。たった一つ、僕のこんどの小説を宣伝して呉れということ。五、昨日、不愉快な客が来て、太宰治は巧《うま》くやったねと云った。僕は不愛想に答えた『彼は僕たちが出したのです』――今日つくづく考えなおしている。こんなのがデマの根になるのではないか――と。「ええ」といっておけば好いのかもしれない。それともまた『彼は立派な作家です』と言えばいいのか。ぼくはいままでほど自由な気持で君のことを饒舌《しゃべ》れなくなったのを哀《かな》しむ。君も僕も差支《さしつか》えないとしても、聞く奴が駑馬《やつどば》なら、君と僕の名に関《かかわ》る。太宰治は、一寸《ちょっと》、偉くなりすぎたからいかんのだ。これじゃ、僕も肩を並べに行かなくては。漕《こ》ぎ着こう。六、長沢の小説よんだか。『神秘文学』のやつ、あんな安直な友情のみせびらかしは、僕は御免だ。正直なのかもしれないが、文学ってやつは、もっとひねくれてるんじゃないかしら。長沢に期待すること少くなった。これも哀しいことの一つだ。七、長沢にも会いたいと思いながら、会わずにいる。ぼくはセンチになると、水いらずで雑誌を作ることばかり考える。君はどんな風に考えるかしらんが、僕と君と二人だけでいる世界だけが一番美しいのではないだろうか。八、無理をしてはいかん。君は馬鹿《ばか》なことを言った。君が先に出て先にくたばる術はない。僕たちを待たなくてはいかん。それまでは少くとも十年健康で待たなくてはいかん。根気が要《い》る。僕は指にタコができた。九、これからは太宰治がじゃんじゃん僕なんかを宣伝する時になったようだ。僕なんか、ほくほく悦に入っている。『こんなのが仲間にいるとみんな得をするからな。』と今度ぼくは誰かに（最も不愉快な客が来たら）言ってやろうと、もくろんでいる。『虎《とら》の威を借る云々《うんぬん》』とドバどもはいいふらすだろう。そしたら『あいつは虎でないとでもいうのか』と逆襲してやる。『そして僕が狐《きつね》でないと誰が言いましたか。』十、君不看双眼色《きみみずやそうがんのいろ》、不語似無愁《かたらざればうれいなきににたり》――いい句だ。では元気で、僕のことを宣伝して呉れと筆をとること右の如し。林彪太郎《ひょうたろう》。太宰治様机下。」

「メクラソウシニテヲアワセル。」（電報。）

「めくら草紙を読みました。あの雑誌のうち、あの八頁《ページ》だけを読みました。あなたは病気骨の髄を犯しても不倒である必要があります。これは僕の最大限の君への心の言葉、きょう僕は疲れて大へん疲れて字も書きづらいのですが、急に君へ手紙出す必要をその中で感じましたので一筆。お正月は大和国《やまとのくに》桜井へかえる。永野喜美代。」

「君は、君の読者にかこまれても、赤面してはいけない。頰被《ほおかぶ》りもよせ。この世の中に生きて行くためには。ところで、めくら草紙だが、晦渋《かいじゅう》ではあるけれども、一つの頂点、傑作の相貌《そうぼう》を具えていた。君は、以後、讃辞《さんじ》を素直に受けとる修行をしなければいけない。吉田生。」

「はじめて、手紙を差し上げる無礼、何卒《なにとぞ》お許し下さい。お蔭様で、私たちの雑誌、

『春服』も第八号をまた出せるようになりました。最近、同人に少しも手紙を書かないので連中の気持は判《わか》りませんが、ぼくの云いたいのは、もうお手許迄《てもとまで》とどいているに違いない『春服』八号中の拙作のことであります。興味がなかったら後は読まないで下さい。あれは昨年十月ぼくの負傷直前の制作です。いま、ぼくはあれに対して、全然気恥しい気持と、又は、訳の分らぬ関心のさっぱり持てぬ気持に駆られています。*太宰さんの葉書なりと一枚欲しく思っています。ぼくはいま、ある女の子の家に毎晩のように遊びに行っては、無駄話をして一時頃帰ってきます。大して惚《ほ》れていないのに、せんだって、真面目《まじめ》に求婚して、承諾されました。その帰り可笑《おか》しく、噴《ふ》き出している最中、――いや、どんな気持だったかわかりません。ぼくはいつも真面目でいたいと思っているのです。東京に帰って文学三昧《ざんまい》に耽《ふけ》りたくてたまりません。このまだったら、いっそ死んだ方が得なような気がします。誰もぼくに生半可《なまはんか》な関心なぞ持っていて貰いたくありません。東京の友達だって、おふくろだって貴方《あなた》だってそうです。お便《たよ》り下さい。それよりお会いしたい。大ウソ。中江種一。太宰さん。」

月日。

「拝啓。その後、失礼して居《お》ります。先週の火曜日（？）にそちらの様子見たく思い、船橋に出かけようと立ち上った処《ところ》に君からの葉書来《きた》り、中止。一昨夜、突然、永野喜美代参り、君から絶交状送られたとか、その夜は遂《つい》に徹夜、ぼくも大変心配していた処、只今《ただいま》、永野よりの葉書にて、ほどなく和解できた由うけたまわり、大いに安堵《あんど》いたしました。永野の葉書には、『太宰治氏を十年の友と安んじ居ること、真情吐露してお伝え下され度《た》く』とあるから、原因が何であったかは知らぬが、益々《ますます》交友の契《ちぎり》を固くせられるよう、ぼくからも祈ります。永野喜美代ほどの異質、近頃沙漠《さばく》の花ほどにもめずらしく、何卒、良き交友、続けられること、おねがい申します。さて、その後のからだの調子お知らせ下さい。ぼく余りお邪魔しに行かぬよう心掛け、手紙だけでも時時書こうと思い、筆を執ると、えい面倒、行ってしまえ、ということになる。手紙というもの、実にまどろこしく、ぼくには不得手、屢々《しばしば》、自分で何をかいたのか呆《あき》れる有様。近頃の句一つ。自嘲《じちよう》。歯こぼれし口の寂《さぶ》さや三ッ日月。やっぱり、七月*頃そちらに行ってみたく思うが如何《いかが》？　不一。黒田重治。太宰治様。」

月日。

「お問い合せの玉稿、五、六日まえ、すでに拝受いたしました。きょうまで、お礼逡巡《しゆんじゆん》、欠礼の段、おいかりなさいませぬようお願い申します。玉稿をめぐり、小さい騒ぎが、ございました。太宰先生、私は貴方《あなた》をあくまでも支持いたします。私とて、同じ季節の青年でございます。いまは、ぶちまけて申しあげます。当雑誌社の記者二名、貴方と決闘すると申しています。玉稿、ふざけて居る。田舎《いなか》の雑誌と思ってばかにして居る。おれたちの眼の黒いうちは、採用させぬ。生意気な身のほど知らず、等々、たいへんな騒ぎでございました。私には成算ございましたので、二、三日、様子を見て、それから貴方へ御寄稿のお礼かたがた、このたびの事件のてんまつ大略申し述べようと思って居りましたところ、かれら意外にも、けさ、編輯《へんしゅう》主任たる私には一言の挨拶《あいさつ》もなく、書留郵便にて、玉稿御返送敢行いたせし由、承知いたし、いまは、私と彼等二人の正義づらとの、面目問題でございます。かならず、厳罰に附し、おわびの万分の一、当方の誠意かっていただきたく、飛行郵便にて、玉稿の書留より一足さきに、額の滝、油汗ふきふき、平身低頭のおわび、以上の如くでございます。なお、寸志おしるしだけにても、御送り申そうかと考えましたが、これ又、かえって失礼に当りはせぬか、心にかかり、いまは、吶吃《とっきつ》、蹌踉《そうろう》、七重《ななえ》の膝《ひざ》を八重《やえ》に折り曲げての平あやまり、他日、つぐない、内心、固く期して居ります。俗への憤怒《ふんぬ》。貴方への申しわけなさ。文字さえ乱れて、細くまた太く、ひょろひょろ小粒が駈《か》けまわり、突如、牛ほどの岩石の落下、*われながら驚き呆《あき》れて居ります。創刊第一号から、こんな手違いを起し、不吉きわまりなく、それを思うと泣きたくなります。このごろ、みんな、一オクタアヴくらい調子が変化して居るのにお気附きございませぬか。私は、もとより、私の周囲の者まで、すべて。大阪サロン編輯部、高橋安二郎。太宰先生。」

「前略、しつれい申します。玉稿、本日別封書留にてお送りいたしました。むかしの同僚、高橋安二郎君が、このごろ病気がいけなくなり、太宰氏、ほか三人の中堅、新進の作家へ、本社編輯部の名をいつわり、とんでもない御手紙さしあげて居ることが最近、判明いたしました。高橋君は、たしか三十歳、おととしの秋、社員全部のピクニックの日、ふだん好きな酒も呑《の》まず、青い顔をして居りましたが、すすきの穂を口にくわえて、同僚の面前にのっそり立ちふさがり薄目つかって相手の顔から、胸、胸から脚《あし》、脚から靴、なめまわすように見あげ、見おろす。帰途、夕日を浴びて、ながいながいひとりごとがはじまり、見事な、血したたるが如き紅葉《もみじ》の大いなる枝を肩にかついで、下腹部を殊更《ことさら》に前へつき出し、ぶらぶら歩いて、君、誰にも言っちゃいけないよ、藤村《とうそん》先生ね、あの人、背中一ぱいに三百円以上のお金をかけて刺青《ほりもの》したのだよ、背中一ぱい金魚が泳いで居る、いや、ちがった、おたまじゃくしが、一千匹以上うようよしているのだ、山高帽子が似合うようでは、どだい作家じゃない。僕は、この秋から支那服《しなふく》着るのだ、白足袋《しろたび》をはきたい。白足袋はいて、おしるこたべていると泣きたくなるよ。ふぐを食べて死んだひとの六十パアセントは自殺なんだよ。君、秘密は守って呉れるね？　藤村先生の戸籍名は河内山《こうちやま》そうしゅんというのだ。そのような大へんな秘密を、高橋の呼吸が私の耳朶《みみたぶ》をくすぐって頗《すこぶ》る弱ったほど、それほど近く顔を寄せて、こっそり教えて呉れましたが、高橋君は、もともと文学青年だったのです。＊当時、信濃《しなの》の山々、奥深くにたてこもって、創作三昧《ざんまい》、しずかに一日一日を生きて居られた藤村、島崎先生から、百枚ちかくの約束の玉稿、（このときの創作は、文豪老年期を代表する傑作という折紙つきました。）ぜひともいただいて来るよう、まして此《こ》のたびは他の雑誌社に奪われる危険もあり、如才なく立ちまわれよ、と編輯長に言われて、ふだんから生真面目の人、しかもそのころは未《ま》だ二十代、山の奥、竹の柱の草庵《そうあん》に文豪とたった二人、囲炉裏を挟《はさ》んで徹宵《てつしょう》お話うけたまわれるのだと、期待、緊張、それがために顔もやや青ざめ、同僚たちのにぎやかな声援にも、いちいち口を引きしめては深くうなずき、決意のほどを見せるのです。廻転ドアにわれとわが身を音たかく叩《たた》きつけ、一直線に旅立ったときのひょろ長い後姿には、笑ってすまされないものがございました。四日目の朝、しょんぼり、びしょ濡《ぬ》れになって、社へ帰ってまいりました。やられたのです。かれの言いぶんに拠《よ》れば、字義どおりの一足ちがい、宿の朝ごはんの後、熱い番茶に梅干いれてふうふう吹いて呑んだのが失敗のもと、それがために五分おくれて、大事になったとのこと、二人の給仕もいれて十六人の社員、こぞって同情いたしました。私なども編あげ靴の紐《ひも》を結び直したばかりに、*あやうく首切られそうになったかなしい経験ございます。高橋君は、すぐ編輯長に呼ばれて、三時間、直立不動の姿勢でもって、*五たび、六たび、編輯長をその場で殺そうと決意したそうでございます。とうとう仕舞いには、卒倒、おびただしき鼻血。私たち、なんにも申し合わせなかったのに、そのあくる日、二人の給仕は例外、ほかの社員ことごとく、辞表をしたためて持って来ていたのでございます。そうして、くやしくて、みんな編輯長室のまえの薄暗い廊下でひしと一かたまりにかたまって、ことにも私、どうにもこうにも我慢ならず、かたわらの友人の、声しのばせての歔欷《きよき》に誘われ、大声放って泣きました。あのときの一種崇高の感激は、生涯にいちどあるか無しかの貴重のものと存じます。ああ、不要のことのみ書きつらねました。おゆるし下さい。高橋君は、それ以後、作家に限らず、いささかでも人格者と名のつく人物、一人の例外なく蛇蝎《だかつ》視して、先生と呼ばれるほどの嘘《うそ》を吐《つ》き、などの川柳《せんりゆう》をときどき雑誌の埋草《うめくさ》に使っていましたが、あれほどお慕いしていた藤村先生の『ト』の字も口に出しませせぬ。よほどの事が、あったにちがいございませせぬ。昨年の春、健康いよいよ害《そこ》ねて、今は、明確に退社して居ります。百日くらいまえに私はかれの自宅の病室を見舞ったのでございます。月光が彼のベッドのあらゆるくぼみに満ちあふれ、掬《すく》えると思いました。高橋は、両の眉毛《まゆげ》をきれいに剃《そ》り落していました。能面のごとき端正の顔は、月の光の愛撫《あいぶ》に依《よ》り金属のようにつるつるしていました。名状すべからざる恐怖のため、膝頭《ひざがしら》が音たててふるえるので、私は、電気をつけようと嗄《しわが》れた声で主張いたしました。そのとき、高橋の顔に、三歳くらいの童子の泣きべそに似た表情が一瞬ぱっと開くより早く消えうせた。『まるで気違いみたいだろう?』ともちまえの甘えるような鼻声で言って、寒いほど高貴の笑顔に化していった。私は、医師を呼び、あくる日、入院*させた。高橋は静かに、謂《い》わば、そろそろと、狂っていったのである。味わいの深い狂いかたであると思惟《しい》いたします。ああ。あなたの小説を、にっぽん一だと申して、幾度となく繰り返し繰り返し拝読して居る様子で、貴作、ロマネスクは、すでに暗誦《あんしょう》できる程度に修行したとか申して居たのに。むかしの佳《よ》き人たちの恋物語、あるいは、とくべつに楽しかった御旅行の追憶、さては、先生御自身のきよらかなるロマンス、等々、病床の高橋君に書き送る形式にて、四枚、月末までにおねがい申しあげます。大阪サロン編輯部、春田一男。太宰治様。」

「君の葉書読んだ。単なる冷やかしに過ぎんではないか。君は真実の解《わか》らん人だね。つまらんと思う。吉田潔。」

「冠省。首くる縄切《なわき》れもなし年の暮。私も、大兄お言いつけのものと同額の金子《きんす》入用にて、八方狂奔。岩壁、切りひらいて行きましょう。死ぬるのは、いつにても可能。たまには、後輩のいうことにも留意して下さい。永野喜美代。」

「先日は御手紙難有《ありが》とう。又、電報もいただいた。原稿は、どういうことにしますか。君の気がむいたようにするのが一番いいと思う。〆切《しめきり》は二十五、六日頃までは待てるのです。小生ただいま居所不定、（近くアパアトを捜す予定）だから御通信はすべて社宛《あて》に下さる様。住所がきまったならお報《しら》せする。要用のみで失敬。武蔵野《むさしの》新聞社、学芸部、長沢伝六。」

月日。

「太宰さん。とうとう正義温情の徒にみごと一ぱい食わせられましたね。はじめから御注意申しあげて置いたら、こんなことにはならなかったのでございますが、雑誌は、どこでもそうらしいですが、ひとりの作家を特に引きたててやることは、固く禁じられて居りますし、そのうえ、この社には、重役附きのスパイが多く、これからもあることゆえ、ものやわらかの人物には気をつけて下さいまし。軽々しく、ふるまっては いけません。春田は、どんな言葉でおわびをしたのか、わかりませぬけれど、貴方《あなた》に書き直しさせたと言って、この二、三日大自慢で、それだけ、私は、小さくなっていなければならず、まことに味気ないことになりました。太宰さん、あなたもよくない。春田が、どのような巧言を並べたてたかは、存じませぬけれど、何も、あんなにセンチメンタルな手紙を春田へ与える必要ございません。醜態です。猛省ねがいます。私、ちゃんとあなたのための八十円用意していたのに、春田などにたのんでは十円も危い。作家を困らせるのを、雑誌記者の天職と心得て居るのだから、仕末がわるい。私ひとりで、やきもきしてたって仕様がない。太宰さん。あなたの御意見はどうなんです。こんなになめられて口惜《くや》しく思いませんか。私は、あなたのお家のこと、たいてい知って居ります。あなたの読者だからです。背中の痣《あざ》の数まで知って居ります。春田など、太宰さんの小説ひとつ読んでいないのです。私たちの雑誌の性質上、サロンの出いりも繁《しげ》く、席上、太宰さんの噂《うわさ》など出ますけれど、そのような時には、春田、夏田になってしまって熱狂の身ぶりよろしく、筆にするに忍びぬ下劣の形容詞を一分間二十発くらいの割合いで猛射撃。可成りの変質者なのです。以後、浮気は固くつつしまなければいけません。このみそかは、それじゃ困るのでしょう？　私は、もうお世話ごめん被《こうむ》ります。八十円のお金、よそへまわしてしまいました。おひとりで、やってごらんなさい。そんな苦労も、ちっとは、身になります。八方ふさがったときには、御相談下さい。苦しくても、ぶていさいでも、死なずにいて下さい。不思議なもので、大きい苦しみのつぎには、きっと大きいたのしみが来ます。そうして、これは数学の如《ごと》くに正確です。あせらず御養生専一にねがいます。来春は東京の実家へかえって初日を拝むつもりです。その折、お逢《あ》いできればと、いささか、たのしみにして居ります。良薬の苦味、おゆるし下さい。おそらくは貴方を理解できる唯《ただ》一人の四十男、無二の小市民、高橋九拝。太宰治学兄。」

下　旬

月日。

「突然のおたよりお許し下さい。私は、あなたと瓜《うり》二つだ。いや、私とあなた、この二人のみに非《あら》ず。青年の没個性、自己喪失は、いまの世紀の特徴と見受けられます。以下、必ず一読せられよ。*刺し殺される日を待って居る。(一行あき。)私は或《あ》る期間、穴蔵の中で、陰鬱《いんうつ》なる政治運動に加担していた。月のない夜、私ひとりだけ逃げた。残された仲間は、すべて、いのちを失った。私は、大地主の子である。転向者の苦悩？　なにを言うのだ。あれほどたくみに裏切って、いまさら、ゆるされると思っているのか。（一行あき。）裏切者なら、裏切者らしく振舞うがいい。私は唯物《ゆいぶつ》史観を信じている。唯物論的弁証法に拠《よ》らざれば、どのような些々《ささ》たる現象をも、把握《はあく》できない。十年来の信条であった。肉体化さえ、されて居る。十年後もまた、変ることなし。けれども私は、労働者と農民とが私たちに向けて示す憎悪《ぞうお》と反撥《はんぱつ》とを、いささかも和《やわら》げてもらいたくないのである。例外を認めてもらいたくないのである。私は彼等の単純なる勇気を二なく愛して居るがゆえに、二なく尊敬して居るがゆえに、私は私の信じている世界観について、一言半句も言い得ない。私の腐った唇《くちびる》から、明日の黎明《れいめい》を言い出すことは、ゆるされない。裏切者なら、裏切者らしく振舞うがいい。『職人ふぜい。』と嚙《か》んで吐き出し、『水呑《みずのみ》百姓。』と嗤《わら》いののしり、そうして、刺し殺される日を待って居る。かさねて言う、私は労働者と農民とのちからを信じて居る。（一行あき。）私は派手な衣服を着る。私は甲高《かんだか》い口調で話す。私は独《ひと》り離れて居る。射撃し易《やす》くしてやって居るのである。私の心にもなき驕慢《きょうまん》の擬態もまた、射手への便宜を思っての振舞いであろう。（一行あき。）自棄《やけ》の心からではない。私を葬《ほうむ》り去ることは、すなわち、建設への一歩である。この私の誠実をさえ疑う者は、人間でない。（一行あき。）私は、つねに、真実を語った。その結果、人々は、私を非常識と呼んだ。（一行あき。）誓って言う。私は、私ひとりのために行動したことはなかった。（一行あき。）

このごろ、あなたの少しばかりの異風が、ゆがめられたポンチ画が、たいへん珍重されているということを、寂しいとは思いませんか。親友からの便《たよ》りである。私はその一葉のはがきを読み、海を見に出かけた。途中、麦が一寸ほど伸びている麦畑の傍《そば》にさしかかり、突然、ぐしゃっと涙が鼻にからまって来て、それから声を放って泣いた。泣き泣き歩きながら私をわかって呉《く》れている人も在《あ》るのだと思った。生きていてよかった。私を忘れないで下さい。私は、あなたを忘れていた。（一行あき。）その未見の親友の、純粋なるくやしさが、そのまま私の血管にも移入された。私は家へかえって、原稿用紙をひろげた。『私は無頼の徒ではない。』（一行あき。）具体的に言って呉れ。私は、どんな迷惑をおかけしたか。（一行あき。）私は借銭をかえさなかったことはない。私は、ゆえなく人の饗応《きようおう》を受けたことはない。私は約束を破ったことはない。私は、ひとの女と私語を交えたことはない。私は友の陰口を言ったことさえない。（一行あき。）深夜、床の中で、じっとして居ると、四方の壁から、ひそひそ話声がもれて来る。ことごとく、私に就《つ》いての悪口である。ときたま、私の親友の声をさえ聞くのである。私を傷つけなければ、君たちは生きて行けないのだろうね。（一行あき。）殴《なぐ》りたいだけ殴れ。踏みにじりたいだけ踏みにじるがいい。嗤いたいだけ嗤え。そのうちに、ふと気がついて、顔を赧《あか》くするときが来るのだ。私は、じっとしてその時期を待っていた。けれども私は間違っていた。小市民というものは、こちらが頭を低くすればするほど、それだけ、のしかかって来るものであった。そう気がついたとき、私は、ふたたび起きあがることが出来ぬほどに背骨を打ちくだかれていたようだ。(一行あき。)私は、このごろ、肉親との和解を夢に見る。かれこれ八年ちかく、私は故郷へ帰らない。かえることをゆるされないのである。政治運動を行ったからであり、情死を行ったからであり、卑《いや》しい女を妻に迎えたからである。私は、仲間を裏切りそのうえ生きて居《お》れるほどの恥知らずではなかった。私は、私を思って呉れていた有夫の女と情死を行った。女を拒むことができなかったからである。そののち、私は、現在の妻を迎えた。結婚前の約束を守ったまでのことである。私、十九歳より二十三歳まで、四年間土曜日ごとに逢《あ》っていたが、私はいちども、まじわりをしなかった。けれども、肉親たちは、私を知らない。よそに嫁《とつ》いで居る姉が、私の一度ならず二度三度の醜態のために、その嫁いで居る家のものたちに顔むけができずに夜々、泣いて私をうらんでいるということや、私の生みの老母が、私あるがために、亡父の跡を嗣《つ》いで居る私の長兄に対して、ことごとく面目を失い、針のむしろに坐《すわ》った思いで居るということや、また、私の長兄は、私あるがために、くにの名誉職を辞したとか、辞そうとしたとか、とにかく、二十数人の肉親すべて、私があたりまえの男に立ちかえって呉れるよう神かけて祈って居るというふうの噂話《うわさばなし》を、仄聞《そくぶん》することがあるのである。けれども、私は、弁解しない。いまこそ血のつながりというものを信じたい。長兄が私の小説を読んで呉れる夢のうれしさよ。佐藤春夫《はるお》の顔が、私の亡父の顔とあんなに似ていなかったら、私は、あの客間へ二度と行かなかったかも知れない。（一行あき。）肉親との和解の夢から、さめて夜半、しれもの、ふと親孝行をしたく思う。そのような夜半には、私もまた、菊池寛《ひろし》のところへ手紙を出そうか、サンデー毎日の三千円大衆文芸へ応募しようか、何とぞして芥川賞《あくたがわしょう》をもらいたいものだ、などと思いを千々にくだいてみるのであるが、夜のしらじらと明け放れると共に、そのような努力が、何《なに》故《ゆえ》とも知らず、馬鹿《ばか》くさく果無《はかな》く思われ、『やがて死ぬるいのち。』という言葉だけがありがたく、その日も為《な》すところなく迎えてそうして送っていただけなのである。けれども、——（一行あき。）一日読書をしては、その研究発表。風邪《かぜ》で三日ほど寝ては、病床閑語。二時間の旅をしては、芭蕉《ばしょう》みたいな旅日記。それから、面白くも楽しくも、なんともない、創作にあらざる小説。これが、日本の文壇の現状のようである。苦悩を知らざる苦悩者の数のおびただしさよ。（一行あき。）私は今迄《まで》、自己を語る場合に、どうやら少しはにかみ過ぎていたようだ。きょうよりのち、私は、あるがままの自身を語る。それだけのことである。（一行あき。）語らざれば憂《うれ》い無きに似たり、とか。

私は言葉を軽蔑《けいべつ》していた。瞳《ひとみ》の色でこと足りると思っていた。けれども、それは、この愚かしき世の中には通じないことであった。苦しいときには、『苦しい!』とせいぜい声高《こわだか》に叫ばなければいけないようだ。黙っていたら、いつしか人は、私を馬扱《うまあつか》いにしてしまった。(一行あき。)私は、いま、取りかえしのつかない事がらを書いている。人は私の含羞《はじらい》多きむかしの姿をなつかしむ。けれども、君のその嘆声は、いつわりである。一得一失、ものの成長に追随するさだめではなかったか。永《なが》い眼で、ものを見る習性をこそ体得しよう。(一行あき。)甲斐《かい》なく立たん名こそ惜しけれ。(一行あき。)なんじら断食《だんじき》するとき、かの偽善者のごとく、悲しき面容《おももち》をすな。(マタイ六章十六。)キリストだけは、知っていた。けれども神の子の苦悩に就いては、パリサイびとでさえ、みとめぬわけにはいかなかったのである。私は、しばらく、かの偽善者の面容を真似《まね》ぶ。(一行あき。)百千の迷の果、私は私の態度をきめた。いまとなっては、私は、おのが苦悩の歴史を、つとめて厳粛に物語るよりほかはなかろう。てれないように。てれないように。(一行あき。)私も亦《また》、地平線のかなた、久遠《くおん》の女性を見つめている。きょうの日まで、私は、その女性について、ほんの断片的にしか語らず私ひとりの胸にひめていた。けれども私の誇るべき一先輩が、早く書かなけれぁ、君、子供が雪兎《ゆきうさぎ》を綿でくるんで机の引き出しにしまって置くようなもので、溶けてしまうじゃないか。あとでひとりで楽しまんものと、机の引き出し、そっと覗《のぞ》いてみたときには、溶けてしまって、南天《なんてん》の赤い目玉が二つのこっていたという正吉の失敗とかいう漫画をうちの子供たち読んでいたが、美しい追憶も、そんなものだよ、パッション失わぬうちに書け、鉄は赤いうちに打つべし、と言われているよ。私は、けれども聞えぬふりした、しらじらしく、よそごとのみを興ありげに話すのだ。兎どころか、私のふるさとでは美しい女さえ溶けてしまうのです。吹雪《ふぶき》の夜に、わがやの門口に行倒れていた唇の赤い娘を助けて、きれいな上に、無口で働きものゆえに一緒に世帯《しょたい》を持って、そのうちにだんだんあたたかくなると共に、そのきれいなお嫁も痩《や》せて元気がなくなり、玉のようなからだも、なんだかおとろえて、家の中が暗くなった。主《あるじ》は、心細さに堪《た》えかね、一日、たらいにお湯を汲《く》みいれて、むりやりお嫁に着物を脱がせ、お嫁の背中を洗ってやった。お嫁はしくしく泣きながら、背中洗ってくれているやさしかった主にむかって、『私が死んでも、——』と言いかけて、さらさらと絹ずれの音がしてお嫁のすがたが見えなくなった。たらいの中には桜貝の櫛《くし》と笄《こうがい》が浮んでいるだけであった。雪女、お湯に溶けてしまった、という物語。私は尚《なお》も言葉をつづけて、私、考えますに葛《くず》の葉《は》の如《ごと》く、この雪女郎のお嫁が懐妊し、そのお腹《なか》をいためて生んだ子があったとしたなら、そうして子供が成長して、雪の降る季節になれば、雪の野山、母をあこがれ歩くものとしたなら、この物語、世界の人、ことごとくを充分にうっとりさせ得ると、信じて居る。そう言いむすんだとき、見よ、世界の人の中のひとり、私の先輩も、頬《ほお》を染めて浮かれだし、サロンの空気がたいへんパッショネエトにされてしまって、いつしか、私のひめにひめたるお湯にも溶けぬ雪女について問われるがままに語って聞かせて居たのである。

――年齢。

――十九です。やくどしです。必ず何かあるようです。不思議のことに思われます。

――小柄だね？

――ええ、でもマネキン嬢にもなれるのです。

――というと？

――全部が一まわり小さいので、写真ひきのばせば、ほとんど完璧《かんぺき》の調和を表現し得るでしょう。両脚《りょうあし》がしなやかに伸びて草花の茎のようで、皮膚が、ほどよく冷い。

――どうかね。

――誇張じゃないんです。私、あのひとに関しては、どうしても嘘《うそ》をつけない。

――あんまり、ひどくだましたからだ。

――おどろいたな。けれども、全く、そうなんです。私、二十一歳の冬に角帯しめて銀座へ遊びにいって、その晩、女が私の部屋までついて来て、あなたの名まえなんていうの？　と聞くから、ちょうど、そこに海野《うんの》三千雄、ね、あの人の創作集がころがっていて、私は、海野三千雄、と答えてしまった。女は、私を三十一、二歳と思っているらしく、もすこし有名の人かと思った、とほっと肩を落して溜息《ためいき》をついて、私は、あのときぐらい有名になりたく思ったことございませぬ。のどが、からから枯渇《こかつ》して、くろい煙をあげて焼けるほどに有名を欲しました。海野三千雄といえば、ひところ文壇でいちばん若くて、いい小説もかいていました。その夜から、私、学生服を着ている時のほかには、どこへ行っても、海野三千雄で、押しとおさなければならなくなった。いちど、にせものをつとめると、不安で不安で夜のめも眠れず、それでいて、そのにせもの勤めをよそうとはせず、かえって完璧の一点のすきのないにせものになろうと、そのほうにだけ心をくだくものです。不思議なものです。

——面白いね。つづけたまえ。

——たった一度きりの女なら、海野三千雄もよろしゅうございましょうが、二度、三度、逢っているうちに、窮屈になって、ひとりで悶悶《もんもん》転転いたしました。女は、その後、新聞の学芸欄などに眼をとおす様子で、きょう、あなたの写真が出ていた。ちっとも似ていない。どうして、あんなに顔をしかめるの？　私、お友達に笑われちゃった。

――君は、むかし、なにか政治運動していたとか、そのころのことかね？

――は、そうです。私、文化運動は性に合わず、殊《こと》にもプロレタリヤ小説ほど、おめでたいものはないと思っていましたから、学生とは、離れて、穴蔵の仕事ばかりをしていました。いつか、私の高等学校時代からの友人が、おっかなびっくり、或る会合の末席に列していて、いまにこの辺、全部の地区のキャップが来ると、まえぶれがあって、その会合に出ているアルバイタアたちでさえ、少し興奮して、ざわめきわたって、或る小地区の代表者として出席していた私のその友人は、もう夢みるような心地《ここち》で、やがて時間に一秒の狂いもなく、みしみし階段の足音が聞えて、やあ、といいながらはいって来たひょろ長い男の顔が、はじめは、まぶしくて、はっきり見えなかったが、よく見ると、その金ぶち眼鏡のにやけた男が、まごうかたなき、私、ええ、この私だったので、かれ、あのときのうれしさは忘《ぼう》じがたいと、いまでもよく申しています。天にも昇るうれしさだったそうです。もちろんそのときには、ちらと瞳で笑い合ったきりで、お互い知らんふりをしていました。あんな運動をして、毎日追われてくらしていて、ふと、こちらの陣営に、思いがけない旧友の顔を見つけたときほど、うれしいことがございませぬ。

――よく、つかまらなかったね。

――ばかだから、つかまるのです。つかまっても、一週間やそこらで助かる手もあるのです。そのうちに私、スパイだと言われたり何かして、いやになって、仲間から、逃げることだけ考えていました。そのころは、毎夜、帝国ホテルにとまっていました。やはり作家、海野三千雄の名前で。名刺もつくらせ、それからホテルの海野先生へ、ゲンコウタノムの電報、速達、電話、すべて私自身で発して居りました。

――不愉快なことをしたものだね。

――厳粛なるべき生活を、茶化して、もてあそびものにしているのが、不愉快なのでしょう。ごもっともでございますが、当時、そんなことでもしなければ、私、おそらくは三十種類以上の原因で、自殺してしまっています。

――でも、そのときだって、やっぱり、情死おこなったんだろう。

――ええ、女が帝国ホテルへ遊びに来て、僕がボオイに五円やって、その晩、女は私の部屋へ宿泊しました。そうして、その夜ふけに、私は、死ぬるよりほかに行くとこがない、と何かの拍子に、ふと口から滑《すべ》り出て、その一言が、とても女の心にきいたらしく、あたしも死ぬる、と申しました。

――それじゃあ、あなたと呼べば死のうよと答える、そんなところだ。極端にわかりが早くなってしまって居る。君たちだけじゃないようだぜ。

——そうらしいのです。私の解放運動など、先覚者として一身の名誉のためのものと言って言えないこともなく、そのほうで、どんどん出世しているうちは、面白く、張り合いもございましたが、スパイ説など出て来たんでは、遠からず失脚ですし、とにかく、いやでした。

——女は、その後、どうなったね？

——女は、その帝国ホテルのあくる日に死にました。

——あ、そうか。

——そうなんです。鎌倉の海に薬品を呑《の》んで飛びこみました。言い忘れましたが、この女は、なかなかの知識人で、似顔絵がたいへん巧《うま》かった。心が高潔だったので、実物よりも何層倍となく美しい顔を画《か》き、しかも秋風のような断腸のわびしさを持つニュアンスを必ず書き添えて居りました。画はたいへん実物の特徴をとらえていて、しかもノオブルなのです。どうも、ことしの正月あたりから、こう、泣癖がついてしまって、困って居ります。先日も、佐渡《さど》情話とか言う浪花節《なにわぶし》のキネマを見て、どうしてもがまんができず、とうとう大声をはなって泣きだして、そのあくる朝、厠《かわや》で、そのキネマの新聞広告を見ていたら、また嗚咽《おえつ》が出て来て、家人に怪しまれ、はては大笑いになって、もはや二度と、キネマへ連れて行けぬという家人の意見でございました。もう、いいのです。つづきを申しましょう。十年まえの話です。なぜ、あのとき、私が鎌倉をえらんだのか、長いこと私の疑問でございましたが、きのう、ほんの、きのう、やっと思い当りました。私、小学生のころ、学芸大会に、鎌倉名所の朗読したことがございまして、その折、練習に練習を重ねて、ほとんど暗誦《あんしょう》できるくらいになってしまいました。七里ヶ浜の磯《いそ》づたい、という、あの文章です。きっと子供ながら、その風景にあこがれ、それがしみついて離れず、潜在意識として残っていて、それが、あの鎌倉行きになってあらわれたのではなかろうかと考え、わが身を、いじらしく存じました。鎌倉に下車してから私は、女にお金を財布《さいふ》ぐるみ渡してしまいましたが、女は、私の豪華な三徳《さんとく》の中を覗《のぞ》いて、あら、たった一枚？　と小声で呟《つぶや》き、私は身を切られるほど恥かしく思ったのを忘れずに居る。私は、少しめちゃめちゃになって、おれは、ほんとうは二十六歳だ、とそれでも、まだ五歳も多く告白してみせましたが、女は、たった二十六？　といって黒めがちの眼をくるっと大きく開いて、それから指折りかぞえ、たいへん、たいへん、と笑いながら言って、首をちぢめて見せましたが、なんの意味だったのかしら、いまさら尋ねる便《たよ》りもございませんが、たいへん気にかかります。

――あかるいうちに飛び込んだのかね？

――いいえ。それでも名所をあるきまわって、はちまん様のまえで、飴《あめ》を買って食べましたが、私、そのとき右の奥歯の金冠二本をだめにしてしまって、いまでもそのままにして放って置いてあるのですが、時々、しくしくいたみます。

――ふっと思い出したが、ヴェルレエヌ、ね、あの人、一日、教会へ韋駄天走《いだてんばし》りに走っていって、さあ私は、ざんげする、告白する、何もかも白状する、ざんげ聴聞僧《ちょうもんそう》は、どこに居《お》られる、さあ、さあ私は、言ってしまう、とたいへんな意気込で、ざんげをはじめたそうですが、聴聞僧は、清浄の眉《まゆ》をそよとも動《そよ》がすことなく、窓のそとの噴水を見ていて、ヴェルレエヌの泣きわめきつつ語りつづけるめんめんの犯罪史の、一瞬の切れ目に、すぽんと投入した言葉は、『あなたは*何種類の××と、交った経験をお持ちですか？』ヴェル氏、仰天して、ころげるようにして廊下へ飛び出し、命からがら逃げかえったそうで、僕は、どうも、人のざんげを聞くこと得手じゃないのです。いまはやりの言葉で言えば心臓が弱いのです。かの勇猛果敢なざんげ聴聞僧の爪《つめ》のあかでも、せんじて呑みたいほうで、ね。

――ざんげじゃない。のろけじゃない。救いを求めているのでもない。私は、女の美しさを主張しているのです。それだけの事です。こうなって来ると、お仕舞いまで申しあげます。女は、歩きながら、ずいぶん思いつめたような口調で、かえらない？と小声で言った。あたしは、あなたのおめかけになります。家から一歩も外へ出るな、とあれば、じっとして、うちに隠れて居ります。一生涯、日かげ者でもいいの。私は、鼻で笑った。人の誠実を到底理解できず、おのれの自尊心を満足させるためには、万骨を枯らして、尚、平然たる姿の二十一歳、自矜《じきよう》の怪物、骨のずいからの虚栄の子、女のひとの久遠の宝石、真珠の塔、二つなく尊い贈りものを、ろくろく見もせず、ぽんと路《みち》のかたわらのどぶに投げ捨て、いまの私のかたちは、果して軽快そのものであった*ろうか。

——はははは。今夜はなかなか能弁だね。

——笑いごとではないのです。そのような奇妙な、『ヴァイオリンよりは、ケエスが大事式』の、その方面に於《お》ける最もきびしい反省をしてみるのでした。江の島の橋のたもとに、新宿三十分、渋谷三十八分と、一字一字二尺平方くらいの大きさで書かれて居る私設電車の絵看板、ちらと見て、さっさと橋をわたりはじめた。からころと駒下駄《こまげた》の音が私を追いかけ、私のすぐ背後まで来てから、ゆっくりあるいて、あたし、きめてしまいました。もう、大丈夫よ、先刻までの私は、軽蔑《けいべつ》されてもしかたがないんだ。

――非常に素直な人なんだね。*それこそ、無口で働きもの。

――そうです、そうです。判《わか》って呉《く》れましたね？　やっぱり、お話申しあげてよかった。もっと、もっと聞いて下さい。

――よし。ぜひとも、聞かせて下さい。竹や、お茶。

――飛びこむよりさきにまず薬を呑んだのです。私がさきに呑んで、それから私が微笑《ほほえ》みながら、姫や、敵のひげむじゃに抱かれるよりは、父と一緒に死にたまえ。少しも早う、この毒を呑んで死んでお呉れ。そんなたわむれの言葉を交《かわ》しながら、ゆとりある態度で呑みおわって、それから、大きいひらたい岩にふたりならんで腰かけて、両脚をぶらぶらうごかしながら、静かに薬のきく時を待って居ました。私はいま、徹頭徹尾、死なねばならぬ。きのう、きょう、二日あそんで、それがため、すでに、十*指にあまる連絡の線を切断。組織は、ふたたび収拾し能《あた》わぬほどの大混乱、火事よりも雷よりも、くらべものにならぬほどの一種凄烈《せいれつ》のごったがえし。それらの光景は、私にとって、手にのせて見るよりも確実であった。キャップの裏切。逃走。そのうえに、海野三千雄のにせ者の一件が大手をひろげて立っていた。女に告白できるくらいなら、それができるたちの男であったなら二十一歳、すでにこれほど傷だらけにならずにすんで居たにちがいない。やがて女は、帯をほどいて、このけしの花模様の帯は、あたしのフレンドからの借りものゆえ、ここへこうかけて置こうと、よどみなく告白しながら、その帯をきちんと畳んで、背後の樹木に垂《た》れかけ、私たちは、たいへんやわらかな、おっとりした気持ちで、おとなしく話し合い、それから、城ヶ島とおぼしきあたり、明滅する燈台《とうだい》の灯を眺《なが》めていました。どんな話をしたでしょうか。自分でも忘却してしまいましたが、私自身が女に好かれて好かれて困るという嘘言《きょげん》を節度もなしに、だらだら並べて、この女難の系統は、私の祖父から発していて、祖父が若いとき、女の綱渡り名人が、村にやって来て、三人の女綱渡りすべて、祖父が頬被《ほおかぶ》りとったら、その顔に見とれて、傘《からかさ》かた手に、はっと掛声かけて、また祖父を見おろし、するする渡りかけては、すとんすとんと墜落するので、一座のかしらから苦情が出て、はては村中の大けんかになったとさ等、大嘘《おおうそ》を物語ってやって、事実の祖父の赤黒く、全く気品のない羅漢《らかん》様に似た四角の顔を思い出し、危く吹き出すところであった。女は、信じて、それでは、私は、八人の女のひとにうらまれる訳なのね。(ひとりもいやしない)ああ、私は仕合せだ。『勝利者』と、うっとりつぶやいて星空を見あげていました。突然、くすりがきいてきて、女は、ひゅう、ひゅう、と草笛の音に似た声を発して、くるしい、くるしい、と水のようなものを吐《は》いて、岩のうえを這いずりまわっていた様子で、私は、その吐瀉物《としゃぶつ》をあとへ汚《きたな》くのこして死ぬのは、なんとしても、心残りであったから、マントの袖《そで》で拭《ふ》いてまわって、いつしか、私にも、薬がきいて、ぬらぬら濡《ぬ》れている岩の上を踏みぬめらかし踏みすべり、まっくろぐろの四足獣、のどに赤熱《しゃくねつ》の鉄火箸《かなひばし》を、五寸も六寸も突き通され、やがて、その鬼の鉄棒は胸に到《いた》り、腹にいたり、そのころには、もはや二つの動くむくろ、黒い四足獣がゆらゆらあるいた。折りかさなって岩からてんらく、ざぶと浪《なみ》をかぶって、はじめ引き寄せ、一瞬後は、お互いぐんと相手を蹴飛《けと》ばし、たちまち離れて、謂《い》わば蚊よりも弱い声、『海野さあん。』*十年まえの師走《しわす》、ちょうどいまごろの季節の出来ごとです。

――なるほど、なるほど、おい、竹や。ウオトカ。

――太宰さん。白ばくれちゃいけない。私のこの話を、どう結んでくれるのです。これは勿論《もちろん》、あなたの身の上じゃない。みんな私の身の上だ。けれども、私がこれを発表するときに、雑誌社だって考えます。どこの鰯頭《いわしあたま》か知れない男の告白よりは、ぱっとしないが、とにかく*いま評判の小説家、太宰さんの、ざんげ話として広告したいところです。この私の苦心の創作を買って下さい。同文の予備役、なお、こちらに三冊ございます。その三冊とも、五十円は、安い。太宰さん。おどろいたでしょう？みんなウソ。おどかしてみたのさ。おどろいた？ ずっとまえに、君が私とお酒のみながら、この話、教えて呉れたじゃないか。きょう、日曜の雨、たいくつでたまらぬが、お金はなし、君のとこへも行けず、天候の不満を君に向けて爆破、どうだ、すこしは、ぎょっとしたか。このぶんでは、僕も小説家になれそうだね。はじめの感想文は、あれは、雑誌*から盗んだものだが、岩の上の場面などは僕が書いた。息もつかせぬ名文章だったろう。これから、一時間、文士になろうかどうか思い迷ってみることにする。失礼。おからだ気をつけて。こんどの日曜日に行く。うちから林檎《りんご》が来ているが、取りに来て下さい。清水忠治。叔父上様《おじうえさま》。」

月日。

「謹啓。文学の道あせる事無用と確信致《いた》し居る者に候《そうろう》。空を見、雑念せず。陽《ひ》と遊び、短慮せず。健康第一と愚考致し候。ゆるゆる御精進おたのみ申し上候。昨日は又、創作、『ほっとした話』一篇、御恵送被下《くだされ》厚く御礼申上候。来月号を飾らせていただきたく、お礼如此《かくのごとくに》御座候。諷刺《ふうし》文芸編輯部《へんしゅうぶ》、五郎、合掌。」

月日。

「お手紙さしあげます。べつに申しあげることもないのでペンもしぶりますが読んでいただければ、うれしいと思います。自分勝手なことで大へんはずかしく思いますがおゆるしください。御記憶がうすくなって居られると考えますが、二月頃、新宿のモナミで同人雑誌『青い鞭《むち》』のことでおめにかかり、そしてその時のわかれ方が非常に本意なく思われて、いつもすまなく感じていて、自分ひとりでわるびれた気持になっています。いつかお詫《わ》びの手紙を出そうと念じながらも、ひとりぎめの間のわるさの為《ため》に、出しそびれて、何かのきっかけをと思い、あなたの『晩年』とかいうのが出たらそのときのことにしようと最近心にきめていましたところ、今日、本屋であなたの一文を拝見して、無しょうにかなしくなり、話しかけたくなりました。それでも、心のどこかで、びくびくしていて、こまります。あの夜、僕はとりみだし荒《すさ》んだ歩調で階段を降りました。そしてそのとりみだし方も純粋でなかったようではずかしく、思いだしては、首をちぢめています。その夜、斎藤君はおもわせぶりであるとあなたにいわれたために心がうつろになり、さびしくなっていて、それだけですでにおろおろして居たのです。僕が帰ることになったとき、先に払った同人費を還《かえ》すからというとき、僕は心の中で、五円儲《もう》かった、と叫んだのです。そして、何か云《い》われたのに、二円五十銭ずつ二回に払ったのですが、と答えたときの自分自身の見えすいた狡《ずる》さのために、自らをひくくしたはずかしさと棄鉢《すてばち》をおぼえました。それればかりでなく、五円儲ったということばは、その二三日前によんだ貴作『逆行』の中にあることばがそのままにうかんだしろものに過ぎず、新宿駅のまえで、ぼんやりして居りました。この＊ことがらをはっきりと摑《つか》めもせずに、自分の去就についてどうしたら下手《へた》をやらずにすむかを考えていたようでした。駅のまえで、しばらく、白犬のようにうろうろして、このまま下宿へ帰ろうかと考えましたが、これきりあなた達と別れてしまうのかと思われてさびしくなりました。今すぐ会場へ引返してみたところで、（充分の考慮もせず、ただ、足手まといになるつもりか。）と叱《しか》られるくらいがおちであろうと、永《なが》いことさまよいました。人に甘え、世に甘え、自分にないものを、何かしらん、かくし持ってあるが如《ごと》くに見せかける、その思わせぶりを、人もあろうに、あなたに指されかなしかった。ああ、めそめそしたことを書いて御免下さい。私は、その夜の五円を、極《きわ》めて有効に、一点濁らず、使用いたしました。生涯の記念として、いまなお、その折のメモを失《な》くさず、『青い鞭』のペエジの間にはさんで蔵して在るのです。三銭切手十枚、三十銭。南京豆《ナンキンまめ》、十銭。チェリイ、十銭。みのり、十五銭。椿《つばき》の切枝二本、十五銭。眼医者、八十銭。ゲエテとクライスト、プロレゴーメナ、歌行燈《うたあんどん》、三冊、七十銭。鴨肉《かもにく》百目、七十銭。ねぎ、五銭。サッポロ黒ビイル一本、三十五銭。シトロン、十五銭。銭湯、五銭。六年ぶりで、ゆたかでした。使い切れず、ポケットには、まだ充分に。それから一年あまり、二三度会った太宰治のおもかげを忘じがたく、こくめいに頭へ影をおとしている面接の記憶を、いとおしみながら、何十回かの立読みをつづけて来た。一言半句、こころにきざまれているような気がしています。本屋から千葉の住所を暗記して来てかきとって置いたのが去年の八月である。それを役立てることが今迄《いままで》できなかったけれども。『太宰どん！　白十字《はくじゆうじ》にてまつ、クロダ。』大学の黒板にかかれてあったのは、先日であったろうか。『右者事務室に出頭すべし、津島修治。』文学部にその掲示はひさしくかけられてあった。僕は太宰治を友人であるごとくに語り、そして、さびしいおもいをした。太宰治は芸術賞をもらわなかった。僕は藤田大吉という人の作品を決して読むまいと心にちかった。僕は、そんなに他人の文章を読まないけれども。道化の華《はな》、ダス・ゲマイネ、理解できないのではなく、けれども満足ができなかった。之《これ》は、書くぞ、書くぞという気合と気魄《きはく》の小説である。本物の予告篇だと思っていた。そして今に本物があらわれるかと、思っていると、その日その日が晩年であった、ということばがほんとうなのかとうたがわれて来た。健康をそこね、写真はすきとおってやせていた。そして、太宰治は有名になり、僕は近づけない気がした。僕には、道化の華が理解できないのだと思った。僕は太宰治に、ヴァイオリンのようなせつなさを感ずるのは、そのリリシズムに於《お》いてであった。太宰治の本質はそこにあるのだと、僕は思っている。それが間違いであるといわれても、僕はなかなか、この考えを捨てまいと思っている。リリシズムの野を出《い》でて、いばらに裂かれた傷口に布をあてずに、あらわに、陽にさらしている、痛々しさを感じてならない。二月の事件の日、女の寝巻について語っていたと小説にかかれているけれども、青年将校たちと同じような壮烈なものを、そういう筆者自身へ感じられてならない。それは、うらやましさよりも、いたましさに胸がつまる。僕は、何ごとも、どっちつかずにして来て、この二年間で法科の課程を三分の一、それも不充分にしか卒《お》えていない。しかも、他に、なにもできないのであった。そういった、アマツール的な気持からは、ただ、太宰治のくるしみを、肉体的に感じてくるばかりで、傍観者として呆然《ぼうぜん》としているばかりである。僕自身へ巣くう生半可な態度は、おそらくいつまでもつづくことと思われます。僕の健康は、人に思われてるほど、わるくはないと思うけれども、何事にも本気になれない。二三日、何事かへ本気になったならば、僕自身をほろぼしてしまいそうでならない。本気にならぬ、そういうことで、勿論《もちろん》、何事も出来る筈《はず》はないけれども、それで、ごく、満足しています。『ユーモアについて。』と題し、中学時代のあなたの演説を、ぼくは、中学校一の秀才というささやきと、それから、*あなたのゼスチュア以外におもいだせないけれども、多くの人達は、太宰治をしらずに、青森中学校の先輩津島修治の噂《うわさ》をします。青森の新町の北谷の書店の前で、高等学校の帽子をかぶっていたのへ、中学生がお辞儀した。あなたは、やはり会釈《えしやく》を返したとき、こちらが知っているのに、むこうが知らないことはさびしいと思ったが、あなたに返礼されただけでそれでもいささか満足であった。僕は、今年で大学を終らなければならないけれども、出来るかどうかあやぶまれますけれども、卒業することにきめて居《お》ります。文学といえばじつのあることは少しも出来るはずなく、風景や女の人にみとれてくらしています。『双葉《ふたば》』という少女雑誌で僕の皿絵という小説がおめにふれたとすればと汗するおもいがしました。（岩切）という人にあって聞きました。トラホームだの頸腺腫《けいせんしゆ》だのX彎曲《わんきよく》だの、というくだりは、あなたに、いい、といわれたばかりに、どこへでも持って歩いていたのです。「日本高邁《こうまい》クラブ」＊で追記風にある同人雑誌（名だかくない）のある人をほめていたことばを見て、ねたましく思ったこともあります。何をかいたか、自信がありません。これだけでもうヘトヘトです。毎日毎日つかれている。何ごとをするのでもなく。

ほとんど休んでばかり居れば日曜もたのしくなく、夜ねても、一日がおわったというかいではなくて、あしたがあるというつかれを覚えています。健康をねがって終日をくらす。今は、弱いというだけで病気はありません。老人のごとき皮膚をあわれみ、夜裸身に牛乳をあびる。青春を得るみちなきかと。非常に、失礼な手紙だと思います。文体もあやふやで申しわけありません。でもほっとしています。明日の朝になれば、だせなくなるといけませんから、すぐだします。おひまのときに、おたより、いただけたらと思います。おからだお大事にねがいます。斎藤武夫拝。太宰治様。」

「御手紙拝見。お金の件、お願いに背《そむ》いて申し訳ないが、とても急には出来ない。実は昨年、県会議員選挙に立候補してお蔭《かげ》で借金へ毎月可成《かなり》とられるので閉口。選挙のとき*飛島定城君から五十円送って貰《もら》った。これだけでも早くお返ししたいと思い乍《なが》ら未《いま》だにお返し出来ずにいる始末。五十円位の金が出来ないのは何んとも羞《はずか》しいがさりとて、その辺を借金に廻るのは小生には、ちょっと出来ない。貴兄が小生の友情を信じて寄せた申越しに対し重ね重ねすまない。しかし出来ないことをねちねちしているのも嫌《いや》だから早速《さっそく》この手紙を書いた次第。悪く思わないでくれ。小生昨今、文学にしばらく遠ざかっているので、貴兄の活躍ぶりも詳しくは接していないが、貴兄の力には期待して居りますので必ずや相当以上の活動をしていることと思って居ります。返す返す済まないが、右の事情を御賢察のうえ御寛恕《かんじょ》下さい。しかし貴兄から、こう頼まれたが、工面出来ないかと友達連に相談をかけても良いものならばまた可能性の生れて来る余地あるやも知れぬが、これは貴兄に対する礼儀でないと思うので……右とり急ぎ。*松井守。太宰兄。」

「手紙など書き、もの言わんとすれば君ぞありぬる。ああ、よき友よ。家内にせんには、ちと、ま心たらわず、愛人とせんには縹緻《きりよう》わるく、妻妾《さいしょう》となさんとすれば、もの腰粗雑にして鴉声《あせい》なり。ああ、不足なり。不足なり。月よ。汝《なんじ》、天地の美人よ。月やはものを思わする。吉田潔。」

月日。

「太宰治さん。再々悪筆をお目にかける失礼、お許し下さいまし。一つには私たちの同人雑誌『春服』が、目茶苦茶《めちゃくちゃ》になりかかった、わびしさから、二つには、ぼく自身のステールネスから、最後に、あなたがぼく如《ごと》きものに好意をお持ち下さる由《よし》、昨晩の松村と云う『春服』同人の手紙が伝えてくれたので、加うるに性来の図々《ずうずう》しさを以《もっ》て、御迷惑を省みず、狎書《こうしょ》を差し上げる次第です。友人の松村と言う男が、塩田カジヨー、関タッチ、大庄司清喜、この三人そろって船橋のお宅へお邪魔した際の拙作に関するあなたの御意見、あとでその三人から又聞きしたのを、そのまま私へ知らせてよこしました。亦《また》、*『日本高邁《こうまい》クラブ』十二月号にも拙作に関する感想をお洩《もら》しになったこと、*『加冠』一月号掲載の貴作中、一少女に『春服』を*謳《たた》えさせたこと、等あなたの御心づかいを伝えてくれました。早速、今日、街の五六軒の本屋をまわって、二誌を探《さが》したのですが、『*加冠』はどこでも売切れてばかりいましたし、『*日本高邁クラブ』は来ていない模様でした。ぼくはあなたに御礼を書くのではないのです。御礼だけかいて、済まして居られる身分になれたら、それはすがすがしいことです。が、きいて頂きたいことがあるのだ、相談にのって頂きたい、力になって貰《もら》いたい、と手前勝手な台辞《せりふ》ばかりならべるのは、なんとも恥しい話です。あなたはカジョーに、ぼくの、経歴人物についてきいて下さったかも知れません。が、カジョーは多分、あいつは宣伝の好きな男だから……けれども、これはカジョーへの悪意ではありません。ぼくの自己弁解です。*ぼくは幼年時、身体《からだ》が弱くてジフテリアや赤痢で二三度昏絶《こんぜつ》致しました。八つのとき『毛谷村六助《けやむらろくすけ》』を買って貰ったのが、文学青年になりそめです。親爺《おやじ》はその頃妾《めかけ》を持っていたようです。いまぼくの愛しているお袋は男に脅迫されて箱根に駈落《かけおち》しました。お袋は新子と名を改めて復帰致しました。ぼくの物心ついた頃、親爺は貧乏官吏から一先《ひとま》ず息をつけていたのですが、肺病になり、一家を挙《あ》げて鎌倉に移りました。父はその昔、一世を驚倒せしめた、歴史家です。二十四歳にして新聞社長になり、株ですって、陋巷《ろうこう》に史書をあさり、ペン一本の生活もしました。小説も書いたようです。大町桂月《おおまちけいげつ》、福本日南《ふくもとにちなん》等と交友あり、桂月を罵《ののし》って、仙をてらう、と云いつつ、*某伯、某男、某子等の知遇を受けつつ、熱烈な皇室中心主義者、いっこくな官吏、孤高狷介《けんかい》、読書、追及、倦《う》まざる史家、癇癪持《かんしゃくもち》の父親として一生を終りました。十三歳の時です。その二年前、小学六年の時、ぼくの受持教師は鎌倉大仏殿の坊《ぼう》主《ず》でした。その影響で、ぼくは別荘の坊ちゃんとしての我儘《わがまま》なしたいほうだいを止《や》めて、執偏奇的な宗教家、神秘家になりました。ぼくは現実に神をみたのです。一方豆本熱は病こうもうに入って、蒐集《しゅうしゅう》した長篇講談はぼくの背を越しました。作文の時間には指名されて朗読しました。『新聞』と云う題で夕刊売の話を書き級中を泣かせました。俳句を地方新聞にも出されました。ぼくは幼いジレッタント同志で廻覧雑誌を作りました。当時、歌人を志していた高校生の兄が大学に入る為《ため》帰省し、ぼくの美文的フォルマリズムの非を説いて、子規《しき》『竹の里歌話』をすすめ、『赤い鳥』に自由詩を書かせました。当時作る所の『波』一篇は白秋《はくしゅう》氏に激賞され、後、選ばれて、アルス社『日本児童詩集』にのりました。父が死んだ年、兄は某中学校に教べんを取りました。父の死は肺病の為でもあったのですが、震災で土佐国から連れてきた祖父を死なし、又、祖父を連れてくる際の、口論の為、叔父《おじ》の首をくらし、また、叔父の死の一因であった従弟《いとこ》の狂気等も原因して居たかも知れません。加えて、兄のソシャリストになった心痛もあったでしょう。事実兄は、ぼくを中学の寄宿舎に置くと、一家を連れて上京、自分は××組合の書記長になり、学校にストライキを起しくびになり、お袋達が鎌倉に逃げ返った後も、豚箱から、インテリに活動しました。同志の一人はうちに来て、寄宿から帰ったぼくと姉を兄貴への心服の上に感化しました。三・一五が起り兄は転向、結婚、嫁と母の仲悪く、兄夫婦はぼく達を置いて東京で暮していました。人道主義的なマルキストであり、感傷的な文学少年、数学の出来なかった、ぼくはひどい自瀆《じとく》の為もあったのでしょう、学校に友達なく、全く一人で、姉、近所のW大生、小学時代の親友、兄夫婦も加えて、プリント雑誌『素描』を二年続けました。兄の運動の為、父の財産はなくなり、鎌倉の別荘は人に貸し、一家は東京に舞い戻り、兄夫婦も一緒になりました。中学の終りからテニスを始めていたぼくは、テニスのおかげで一夜に二寸ずつ伸びる思いで、長身、肥満、W高等学院、自瀆の一年を消費した後、W大学ボート部に入りました。一年後ぼくはレギュラーになり、二年後、第十回オリンピック選手としてアメリカに行きました。当時二十歳、六尺、十九貫五百、紅顔の少年であります。ボートは大変下手《へた》でした。先輩ばかりでちいさくなっていました。往復の船中の恋愛、帰ってきたぼくは歓迎会ずくめの有頂天さのあまり、多少神経衰弱だったのです。ぼくが帰国したとき、前年義姉を失った兄は、家に帰り、コンムニュスト、党資金局の一員でした。あにを熱愛していたぼく、マルクシズムの理論的影響失《う》せなかったぼくは直に共鳴して、鎌倉の別荘を売ったぼくの学費を盗みだして兄に渡し、自分も学内にR・Sを作りました。関タッチイはそのメンバーであり、彼の下宿はアジトでした。その頃、自殺を企て、実行もした元気のない塩田カジョーと知り合ったのです。タッチイがへまをしてつかまりました。タッチイは頑張《がんば》ってくれたのでしたが、ぼくは、その前から家を飛びだしもぐっていた兄にならって、殆《ほと》んど狂気しかかっているヒステリイの母をみすてて、ぼくも一週間、逃げ歩きました。家の様子をみにきたぼくは姉に摑《つかま》りました。学資がなく、学校も止めさせられ、ぼくは義兄の世話で月給十八円である写真工場につとめに出ました。母と共に二間の長屋に住んで。——ぼくは直ちに職場に組織を作り、キャップとなり、仕事を終えると、街で上の線と逢《あ》い、きっ茶店で、顔をこわばらせて、秘密書類を交換しました。その内、僅《わず》か四五カ月。間もなく、プロバカートル事件が起り、逃げてきて転向し、再び経済記者に返った兄の働きで、ぼくも学校に戻れました。転向後だったので、兄は二カ月、ぼくは大した事もなかったので半日、豚箱に置かれました。職場にいた頃、機関雑誌に僕はミューレンの焼き直し童話や、片岡鉄兵氏ばりのプロレタリア小説を書いていました。十銭で買った『カラマゾーフの兄弟』の感激もありましたろう。貧乏大学生の話、殊《こと》に嫁を貰ってからの兄との遠慮は、ぼくにまた幼年時からの理想、小説家を希望させたのです。最初の一年はぼくは無我夢中で訳の分らぬ小説を書き、投書しました。急にスポーツをやめた故か、人の顔をみると涙がでる、生つばがわく、少しほてる。からだが松葉で一面に痛がゆくなる。『芸術博士』に応募して落ちた時など帯を首にまきつけました。ドストエフスキイ流行直前、彼にこって、タッチイを臭い文学理論でなやまし、そのほかの友人すべてをもひんしゅくさせたことと思います。兄の新妻《にいづま》の弟、山口定雄がワセダ独文で『鼻』という同人雑誌を出していましたので、彼に頼み、鼻の一員にして貰い、一作を載せたのが、昨年の暮なのです。『鼻』に嫌《いや》気《き》がさしていた山口を誘い、彼の親友、岡田と大体の計画をきめてから、ぼくは先ず神崎、森の同感を得、次に関タッチイを口説きに小日向《こびなた》に上りました。タッチイを強引に加入させると、カジョー、神戸がついてきてくれました。かくして、タッチイの命名になる『春服』が生れました。タッチイは顔がひろくて、山村、カツ西、豊野を加え、カジョーもまた努力してくれて、伊牟田《いむた》氏を入れてくれました。カジョーとは段々仲が良くなり、ぼくの臭さも彼、許してくれてきましたようです。『春服』創刊から二号にかけてぼくは昨年暮から今年の三月頃まで就職に狂奔しました。幸い、ぼくは母方の祖父の友人の世話で現在の会社に入れて貰いました。その頃から益々《ますます》兄と仲が悪く、蔵書一切を売って旅に出ようと決心したりしました。兄はぼくが文学をやめるのを極度に軽べつします。兄貴に食わして貰うのは卒業後不可能です。母の悲歎《ひたん》を思えば神崎の如き文学青年の生活も出来ないし、一つには会社員と云《い》う生活もしてみたかったのです。会社に入って一月半、君は肉体が良いから、朝鮮か満洲《まんしゅう》に行って貰いたいと頼まれました。母や兄と一緒の窮屈なる生活に嫌気がさし、また新しい生活もしたさに、ぼくは朝鮮に来ました。満洲より朝鮮が小説になる気もしたのですが、これは会社員になったのと同様、色々な自分の意見からより、色々な必然の為でしょう。『青年の思想はおのれの行動の弁解に過ぎぬ。』H先生の言葉みたいなものです。ぼくはここ迄《まで》を昨夜、女郎にショールを買えないと云い訳に行き、ちょいの間を行き、婆《ばあ》さんの借金を三円払ってやり、正月に連れだして、やる約束を迫《せが》まれ……所で、今月は師走《しわす》です。洋服屋がきて虎《とら》の子の十円を持って行きました。未《ま》だ一円残っていますが、これで散髪屋に行き、——後五十銭残りますが、これもいっそ費《つか》って、宵越のぜにア持たねエ、クリスマスを迎えようかと愚考しています。ぼくはここ迄昨夜二時帰宅後、五時まで書きました。今、同じ部屋に居る会社の給仕君と床屋に行って来ました。加藤咄堂《とつどう》氏のラジオを聞いてきました。帰りに菓子四十銭、ピジョン一箱で、完全に文無しになりました。今シェストフ『自明の超克』『虚無の創造』を読んでいます。彼は云います、『一般に伝記というものは何でも語っているが、只《ただ》我々にとって重要なことは除外しているものだ。』ぼくは前の饒舌《じょうぜつ》を読み返して、イヤになる、差し上げまいかとも思ったのですが、一遍書いたものは、もう僕と異《ちが》ったものですから、虚飾にみちた自家広告も御愛嬌《ごあいきょう》だと思い、続けて自己嫌悪《けんお》を連ねようと考えたのですが、シェストフで、誤魔化して置きます。御免なさい。さて、現在のぼくの生活ですが、会社は朝の九時半から六七時頃迄です。ぼくの仕事は机上事務もありますが、本来は外交員です。自動車屋、会社の購買、商店等をまわり、一種の御用聞きをつとめるのです。大抵は鼻先で追い返されますし、ヘイヘイもみ手で行かねばならないので、意気地《いくじ》ない話ですが、イヤでたまりません。それだけならいいんですが、地方の出張所にいる連中、夫婦ものばかりですし、小姑《こじゅうと》根性というのか、蔭口《かげぐち》、皮肉、殊に自分のお得意先をとられたくないようで、雑用ばかりさせるし、悪口ついでにうんとならべると、女の腐ったような、本社の御機嫌《ごきげん》とりに忙しい、くびの心配ばかりしている、他人の月給をそねみ、生活を批評し、自分の不平、例《たと》えば出張旅費の計算で陰で悪口の云い合い、出張成金《なりきん》めとか、奥さんがかおを歪《ゆが》めて、何々さんは出張ばかりで——、うちなんか三日の出張で三十円ためてかえりましたよ。すると一方の奥さんは、うちは出張しても、まア、それだけ下の人達にするからよ。けれども主任さんは、二等旅費で三等にばかり乗るのですよ。けちねエ……。然《しか》し、奥さん出張すると、靴は痛む洋服は切れる、Yシャツは汚《よご》れる……随分煩《うる》さいのです。殊に小人数ですから家族的気分でいいとかいいながら、それだけ競争もはげしく、ぼくなど御意見を伺わされに四六時中、ですから——それに商売の性質から客の接待、休日、日曜出勤、居残り等多く、勉強する閑《ひま》はありません。気をつかうのでつかれます。月給六十五円、それと加俸五割で計九十七円五十銭の給金です。金というものの正体不明で相手に出来ないので、損ばかりしています。もう大分借金が出来ました。もう他人の悪口を云い、他人に同情する年でもありますまい、止めます。もう給仕君床に入りました。盛*んに英語を聞いてくるので閉口です。所で、ぼくは語学がなにも出来ないのです。所で、ぼくも床に入って書いています。給仕君煩さいので、寝てからにしましょう。ラジオのアナウンスみたいな手紙の書き方お許し下さい。ぼくにはこの方が純粋なような気がするのです。亦、シェストフを写します、『チェホフの作品の独創性や意義はそこにある。例えば喜劇『かもめ』を挙げよう。そこではあらゆる文学上の原理に反して、作品の基礎をなすものは、諸諸《もろもろ》の情熱の機構でも、出来事の必然的な継続でもなく、裸形にされた純粋の偶然というものなのである。此《こ》の喜劇を読んでゆくと、秩序も構図もなく寄せ集められた『雑多な事実』に満ちている新聞にでも眼を通してゆくような印象を受ける。ここに支配しているものは偶然であり、偶然があらゆる一般的な概念に抗して戦っているのである。』これを写しながら、給仕君におとぎばなし、紫式部《むらさきしきぶ》、清少納言《せいしょうなごん》、日本霊異記《にほんりょういき》とせがまれ、話しているうち、彼氏恐怖のあまり、歯をがつ、がつ、がつ、三度、*音たてててふるえました。太宰さん。もう、ねましょう。にやにや薄笑いしていい加減の合槌《あいづち》をうつのは、やめて下さい。――なあんてね。きょうは会社に出勤、忘年会とか、いちいち社員から会費を集めている。酒盛り。ぼくは酒ぐせ悪いとの理由で、禁酒を命じられ、つまらないので、三時間位、*白い柱を眺《なが》めながら、皆の馬鹿話《ばかばなし》を聞いていました。それから御得意に*年始に行き、会員、主任のうちに呼ばれて御馳走《ごちそう》になり、カルタをとり、いま帰って、これを書いているのが夜十時です。気がつかれて、手紙を書くのがイヤです。簡単にあとかきます。会社を二月休んだ原因は、ある事から、酔の上、職人九人を相手にして、喧嘩《けんか》をし、ぼくは、十月二十九日、腕を剃刀《かみそり》でわられたのです。その傷が丹毒になり、二月入院しました。喧嘩しながら居眠るほど、酔っていた男を正気の相手が刃物で、而《しか》も多人数で切ったのですから、ぼくの運がわるく、而も丹毒で苦しみ、病院費の為、……おやじの残したいまは只一軒のうちを高利貸に抵当にして母は、兄と争い乍《なが》ら金を送ってくれました。会社は病気ではなく私傷による事故だからといって、十二月は給料をくれませんでした。また会社の人達は、ぼくをまるで無頼漢扱いにして皮肉をいう。まア止《や》めましょう。いっそ桜の花の刺青《いれずみ》をしようかと思って居《お》ります、私は子供じゃないんだ。

所で、あなたに手紙を書きたかったのは、ぼくはもう文学を止めたいとおもう。それもなんら思想上のものではなしに、単に生活上の不便からです。京城《けいじょう》にいるとか会社員をしている事は、いままで、なんら、悪条件と感じませんでしたが、こんどの事件があってからは、急にイヤになったのです。今日でも会社にでると殆《ほと》んど、もう自分の時間がありません。負傷前は五六時間睡眠平均、または時に徹夜で読書、著述、（いやはや）また、会社で小品みたいなものは書いたりしましたが、これからはイヤです。太宰さん、ぼくは東京に帰って、文学青年の生活をしてみたいのです。会社員生活をしているから社会がみえたり、心境が広くなるわけではなく、却《かえ》って月給日と上役の顔以外にはなんにもみえません。大学でつめこんだ少量の経済学も忘れてしまいました。勉強のできなくなる事、前から余り好きませんが、一層ひどいです。ぼくは東京で文学で生活するか、さもなければ死ぬか。例えば鏡花《きょうか》氏が紅葉山人《こうようさんじん》の書生であったような形式をとるか、ドストエフスキイ式に水と米、ベリンスキイが現われるまで待つか、なにかしたいと思っています。然し、ぼくは汚《きた》ならしい野郎ですから、東京に帰ってどんなに堕《お》ちても、かまいませんが、おふくろが、――たまらんです。と、いって、こっちの空気もたまらんです。恐らく、ぼくの願いは自利的な支離滅裂な、ぜいたくなものでしょう。而し、いまのまま一月も同じ商人暮しがつづいたら、ぼくは自殺するか、文学をやめるか、のほかにない気がするのです。或《あ》いは続けるかも知れません。続けはしたい——然し、今書いているのは、我慢できない気持です。息がつまりそうです。つまった息を風船に入れて、青空をとびまわれ、あきらめよ、わが心とは思います。然し、ぼくはなんとか生活をかえたい、これに対するあなたの御意見をききたく思います。ぼくなんて駄目です。ぼくは東京に帰っても、とても文学だけでは食って行けない。いっそ、チンドン屋になったり、ルンペンになれば、生活経験が豊富になっていいかも知れません。が、おふくろが嫁さんの候補の写真を四枚も送ってきてますからねエ。いまは『春服』をぼくの足場にする希望もない。十月頃送った百枚位の小説はどうなってるか。いっそ、破ったほうがいい。いっそ、懸賞募集を狙《ねら》いましょうか。黙ってる方がかしこいでしょう。然し、太宰治さん、できたら、ぼくに激励のお手紙を下さい。*四日から出勤して五日も経《た》てば、ぼくは腐りの絶頂でしょう。今晩は手紙を書くのがイヤです。明晩明後日と益々《ますます》イヤになるでしょう。虫の好《よ》い事を云いつづけに、思いきり云います。一つ叱《しか》って下さい。ああ、ぼくに東京に帰ってこい、といって下さい。嘘《うそ》! ぼくをぼくの好きな作家、尾崎士郎《しろう》、横光《よこみつ》利一《りいち》、小林秀雄《ひでお》氏に紹介して下さい。嘘! ぼくは、今月中から、自伝を覚えたままに書いて行きたいと思うのです。が、『春服』が目茶苦茶《めちゃくちゃ》なので悲観しているのです。

『春服』が立ち直る迄なりと、一つ、月々五十枚位載せて貰《もら》える、あなたの知っている同人雑誌に紹介してくれませんか。同人費は払います。余計な事を！　書きためて、懸賞当選を狙う手もあるのですが、あれには運が多い気がしてイヤです。それに、こんな汚ない字の原稿なんか、読んではくれますまい。また薄志弱行のぼくは活字にならぬ作品がどんどん増《ふ》えて行くとどうしても我慢できず、最初のから破ってしまうので――嘘、嘘。なんでもいいんです。この手紙をここ迄読んで下さったなら、それだけでも、ありがたい。御手紙、下さい。そしたらまた、書き直します。この手紙は破って捨てて下さい。どうぞどうぞ許して下さい。これとそっくり同文の手紙、六通書いて六人の作家へ送った。なんといおうと、あなたは御自分の世界をもっている作家です。はっきり云うと、生意気で、ぼくは薄馬鹿ですね。あなたの世界をぼくは熱愛できないのです。あなたが利巧だとは思わない。然し、あなたは近代インテリゲンチャ、不安の相貌《そうぼう》を具《そな》えている。*余りでたらめは書きますまい。あなたは黄表紙《きびょうし》の作者でもあれば、ユリイカの著者でもある。『殴《なぐ》られる彼奴《あいつ》』とはあなたにとって薄笑いにすぎない。あなたがあやつる人生切り紙細工は、大南北《なんぼく》*の紙芝居の如く血をしたたらせている。*あまり、煩さい無駄口はききますまい。ヴァレリイが俗っぽくみえるのはあなたの『逆行』『ダス・ゲマイネ』読後感でした。然し、ここには近代青年の『失われたる青春に関する一片の抒情《じょじょう》、吾々《われわれ》の実在環境の亡霊に関する、自己証明』があります。然し、ぼくは薄暗く、荒れ果てた広い草原です。ここかしこ日は照ってはいましょう。緑色に生々と、が、なかには菁々《せいせい》たる雑草が、乱雑に生《は》えています。どっから刈りこんでいいか、ぼくは無茶苦茶に足の向いた所から分け入り、歩けた所だけ歩いて、報告する――てやがんだい。ぼくは薄野呂《うすのろ》です。そんなんじゃあない。然し、ぼくは野蛮でたくましくありたいのです。現在ぼくの熱愛している世界はどの作家にもありません。ドストエフスキイが一番好きです。ぼくのこのみの平凡さを、軽ベツしないで下さい。ぼくは今年こそ、なにか、書きたいと思っています。だが、小説に、人生に、なんの意義がありましょう。意義なんてない。飯を食うように、小説を書く、あんなに、実務的精神をにくんだシェストフでさえ、全集を残している。だから、力んでもいいでしょう。僕は誰にでも、有名な人から手紙を貰うと、斯《こ》んな訳の分らぬ図々《ずうずう》しい宣伝文を書く癖があるのでしょう。いや、この前、北川冬彦氏から五六行の葉書を貰った時だけです。然し、ほんとうは、生れてはじめて、こんな長い手紙かいた。もう、ねましょう。シェストフでも読みましょう。どうか〳〵〳〵〳〵〳〵〳〵〳〵〳〵〳〵どうか、どうか、お手紙下さい。でないと、ぼくはつまんないんです。この甘ったれ根性め。ぼくはこの手紙をかいたぼくを余り好きません。あなたはどうですか？　僕の少年時の貧しき自慢に、これをつけ加えて下さい。ぼくは少年時十三四頃、絵が大変、下手でしたが、帝展の深沢省三氏（紅子氏の夫）が好いてくれまして、美術に入れとすすめたりしました。歌がうまかった、詩も得意だ——それこそバカメですね。こう言うのが、——カジョーはきらいなんです。ぼくも人のは、きらいですが、自分のはまア書きました。御免なさい。不愉快にならないで下さい——いや、第一そんな、不愉快になるなんてわけがわからぬ。私は下劣の少年である。けれども、——否《いな》！　やっぱり下劣である。むりのオネガイ。手紙くれやがれと。サラバ、サラバ、鶴首《かくしゅ》。待て！　あくびをした奴《やつ》がある。しかも、見よ。あ、あ、あ、と傍若無人、細長き両の腕を天井やぶれよ、とばかりに突き出して、しかもその口の大きさ、歯の白さ、さながら馬の顔であった。われに策あり、太宰治さん。自分について、色んなことを書きたくなりました。もう二、三十ペエジ読んで下されば幸甚《こうじん》です。第一、ぼくが全く無意義な存在であること、例え、マルクスが商事会社——ブローカー——広告業——外交販売員が社会にとって無益であると説かぬにしろ、ぼくは自分の商売が憎らしいのに決っています。曾《か》つて、主任から、個性を殺せと説教されました。集金に行ってコップ酒を無理強《むりじい》にするトラック屋の親爺《おやじ》などに逢《あ》えば面白いが、机の前に冷然としている、どじょう鬚《ひげ》の御役人に向って、

『今日は、御用はありませんか。』『ない。』『へい、ではまたどうぞ。』とか、『*商人は書物《かきもの》があるから外で待ってろ。』とか、『一厘《りん》』の負け合いで、御百度を踏んで二、三十円の註文《ちゆうもん》を貰ったり……。否、愚痴はいいますまい。つらつら、考えてみますと好《す》き嫌《きら》いが先に定って、理窟《りくつ》が後になる事実ほど恐しく、嫌《いや》なものはありません。お好き？　お嫌い？　それで一瞬は過ぎて、今は嫌いなのです。だから世の中の言葉はひとの感情をあやつるに過ぎない気がします。ぼくにもそろそろマスクが必要な気がします。メリメのマスクが一番*好いでしょう。ボクはもう他人に向って好き、嫌いを云々《うんぬん》しますまい。好きだから好きと、云ったのに、嫌いになったら、嫌いになったと云えない。ぼくはある娘にそんな責任が出来て、嫌いになったのに、別れようと云えず、困っています。嫌いでも好きになりたいと努力するのは不可能です。ぼくは嫌いなままで愛さなければ不可《いけ》ないのでしょうか。なんにも云いたくない。ぼくは余り多くの人々を憎んでいます。あ、ああ君も、お前も、キサマも俺がこんなに苦しんでいるのにシャアシャアとして*書いていやがる。」

「近頃の君の葉書に一つとして見るべきものがない。非常に惰弱になって巧言令色である。少からず遺憾に思っている。吉田生。」

月日。

「一言。（一行あき。）僕は、僕もバイロンに化け損ねた一匹の泥狐《どろぎつね》であることを、教えられ、化けていることに嫌気《いやき》が出て、恋の相手に絶交状を書いた。自分の生活は、すべて嘘《うそ》であり、偽《にせ》であり、もう、何ごとも信ぜず、絶望の（銀行も、よす。）穴に落ち入る。きょうより以後、あなたの文学をみとめない。さようなら。御写真ください。道化の華《はな》は人殺し文学であるか。（銀行はよさない。けれども……）いや、ざっと、ウォーミングアップ。太宰さん、どうやらひっかかったらしい。手ごたえあり。私に興味を感じたら、お仕舞までお読み下さい。僕はまだ二十歳の少年なので、貴重なお時間を割《さ》いて戴《いただ》くのも、心苦しいまでに有難く存じます。（この私の、いのちこめたる誠実の言葉をさえ、鼻で笑ったら、貴下を、ほんとうに、刺し殺そうと思っています。ああ、ぼんくらな事を言った。）まず、僕が、どの程度に少年であるか、自己紹介させて下さい。十五、六歳の頃、佐藤春夫《はるお》先生と、芥川龍之介《あくたがわりゆうのすけ》先生に心酔しました。十七歳の頃、マルクスとレエニンに心酔しました。（命を賭《と》して。）……ところが、十八歳になると、また『芥川』に逆戻りして、辻潤《つじじゆん》氏に心酔しました。（太宰って、なあんて張り合いのない野郎だろう。聞いているのか、ダルマ、こちらむけ、われも淋《さび》しき秋の暮、とは如何《いかが》？　お助け下さい。くず籠《かご》へ投げこまないで下さい。せいぜい面白くかきますから。）『芥川』を透して、アナトール・フランス（敬語は不用でしょう）を、ボードレエルを、Ｅ・Ａ・ポーを、愛読しました。それから文学を留守にして、幻燈《げんとう》の街に出かけたり、とやかくやして、現在の僕になりました。僕は文学をやるのに、語学の必要を感じつつ、外国語はさておき、日本語の勉強すらやらないで、（面白くない？　もう少しですから、辛抱たのむ。）便便として過してます。自分の生活を盲動だと思って、然《しか》し、人生そのものが盲動さ、と自問自答しています。（秋の夜や、自問自答の気の弱り。これは二百年まえの翁の句です。）二十歳の少年の分際で、これはあまり諦《あきら》めがよすぎるかも知れません。……シェストフ的不安とは何であるか、僕は知りません。ジッドは『狭き門』を読んだ切りで、純情な青年の恋物語であり、シンセリティの尊さを感じたくらいで、……とにかく、浅学非《ひ》才《さい》の僕であります。これで失礼申します。私は、とんでもない無礼をいたしました。私の身のほどを、只今《ただいま》、はっと知りました。候文《そうろうぶん》なら、いくらでもなんでも。他人からの借衣なら、たとい五つ紋の紋附きでも、すまして着て居られる。あれですね。それでは、唄《うた》わせて、（ふびんなことを言うなよ。）いや、書かせていただきます。拝啓。小生儀、異性の一友人にすすめられ、『めくら草紙』を読み、それから『ダス・ゲマイネ』を読み、たちどころに、太宰治ファンに相成《あいなり》候《そうろう》ものにして、これは、ファン・レターと御承知被下度《くだされたく》候。*『日本高邁《こうまい》クラブ』も十月号より購読致し、『もの想《おも》う葦《あし》』を読ませて戴き居候。知性の極というものは、……の馬場の言葉に、小生……いや、何も言うことは無之《これなく》候。映画ファンならば、この辺で、プロマイドサインを願う可《べ》きと存《ぞん》じ候《そうら》え共、そして小生も何か太宰治さま、よりの『サイン』に似たもの、欲しとは存じ候え共、いけませんでしょうか。御伺い申上候。かかる原稿用紙様の手紙にて、礼を失し候段、甚謝《じんしゃ》仕《つかまつり》候。敬具。十二月十五日。太宰治様。わが名は、なでしことやら、夕顔とやら、あざみとやら。追伸、この手紙に、僕は、言い足りない、或《あるい》は言い過ぎた、ことの自己嫌悪《けんお》を感じ、『ダス・ゲマイネ』のうちの言葉、『しどろもどろの看板』を感じる。(いや、ばかなことを言った。)太宰さん、これは、だめです。だいいち私に、異性の友人など、いつできたのだろう。全部ウソです。サインなんか不要です。私は、貴下の、——いや、むずかしくなって来ました。御返事かならず不要です。そんなもの、いやです。おかしくって。私たちの作家が出たというのは、うれしいことです。苦しくとも、生きて下さい。あなたのうしろには、ものが言えない自己喪失の亡者《もうじゃ》が、十万、うようよして居ります。日本文学史に、私たちの選手を出し得たということは、うれしい。雲霞《うんか》のごときわれわれに、表現を与えて呉《く》れた作家の出現をよろこぶ者でございます。(涙が出て、出て、しょうがない)私たち、十万の青年、実社会に出て、果して生きとおせるか否か、厳粛の実験が、貴下の一身に於《お》いて、黙々と行われて居ります。以上、書いたことで、私は、まだ少年の域を脱せず、『高所の空気、強い空気』である、あなたに、手紙を書いたり、逢《あ》ったりすることに依《よ》りて、『凍える危険』を感ずる者である。まことに、敬畏《けいい》する態度で、私は、この手紙一本きりで、あなたから逃げ出す。めくら蜘蛛《ぐも》、願わくば、小雀《こすずめ》に対して、寛大であられんことを。勿論《もちろん》お作は、誰よりも熱心に愛読します心算《つもり》、もう一言。――君に黄昏《たそがれ》が来はじめたのだ……君は稲妻《いなずま》を弄《もてあそ》んだ。あまり深く太陽を見つめすぎた。それではたまらない……（一行あき。）めくら草紙の作者に、この言葉あてはまるや否や、――ストリンドベルグの『ダマスクスへ』よりの言葉である。と、ああ、気取った書き方をして了《しま》った。もう、これ以上、書かないけれども、太宰治様、僕は、あなたの処《ところ》へ飛んで行って暗いところで話し度《た》い。改造にあなたが書けば改造を買い、中公に、あなたが書けば中公を買う。そして、わざと三円の借金をかえさざる。頓首《とんしゅ》。私は女です。」

「拝復。君ガ自重ト自愛トヲ祈ル。高邁ノ精神ヲ喚起シ兄ガ天稟《てんぴん》ノ才能ヲ完成スルハ君ガ天ト人トヨリ賦与《ふよ》サレタル天職ナルヲ自覚サレヨ。徒《いたず》ラニ夢ニ悲泣スル勿《なか》レ。努メテ厳粛ナル五十枚ヲ完成サレヨ。金五百円ハヤガテ君ガモノタルベシトゾ。八拾円ニテ、マント新調、二百円ニテ衣服ト袴《はかま》ト白足袋《しろたび》ト一揃《そろ》イ御新調ノ由《よし》、二百八拾円ノ豪華版ノ御慶客。早朝、門ニ立チテオ待チ申シテイマス。太宰治様。*佐藤春夫。」

「謹啓。其《そ》の後御無沙汰《ごぶさた》いたして居《お》りますが、御健勝ですか。御伺い申しあげます。二三日前から太宰君に原稿料として二十円を送るように、たびたびハガキや電報を貰《もら》っているのですが、社の稿料は六円五十銭（二枚半）しかあげられず、小生ただいま、金がなく漸《ようや》く十円だけ友人に本日借りることができました。四度も書き直してくれて、お気の毒千万なのですが計十五円だけお送りいたします。おおみそかを、控え、それでも平気でぱっぱっ使ってしまいますゆえ、あなたの方で保管、適当にお渡し下さいまし。もっと送ってあげたく思いましたが、僕もいっぱいの生活でどうにもできません。麹町《こうじまち》区内　幸町《うちさいわいちょう》　武蔵野《むさしの》新聞社文芸部、長沢伝六。太宰治様、令閨《れいけい》様。」

月日。

「師走《しわす》厳冬の夜半、はね起きて、しるせる。一、私は下劣でない。二、私は、けれども、独《ひと》りで創《つく》った。三、誰か見ている。四、『あたしも、すっかり貧乏してしまって、ね。』五、こんな筈《はず》ではなかった。六、蛇身清姫《じゃしんきよひめ》。七、『おまえをちらと見たのが、不幸のはじめ。』八、いまごろ太宰、寝てか起きてか。九、『あたら、才能を！』十、筋骨質。十一、かんなん汝《なんじ》を玉にせん。（ぞろぞろぞろぞろ、思念の行列、千紫万紅百面億態）一箇条つかんでノオトしている間に三十倍四十倍、百千ほども言葉を逃がす。

S」

月日。

「前略。その後いよいよ御静養のことと思い安心しておりましたところ、風のたよりにきけば貴兄このごろ薬品注射によって束《つか》の間《ま》の安穏を願っていらるる由。甚《はなは》だもっていかがわしきことと思います。薬品注射の末おそろしさに関しては、貴兄すでに御存じ寄りのことと思いますので、今はくり返し申しません。しかしそれは恋人を思いあきらめるがごとき大発心《だいほっしん》にて、どうか思いあきらめて下さるよう切望いたします。仏典に申す『勇猛精進』とはこのあたりの決心をうながす意味の言葉かと思います。実は参上して申述べ度きところでありますが、貴兄も一家の主人で子供ではなし、手紙で申してもききわけて頂けると信じ手紙で申します。どこか温《あたた》かい土地か温泉に行って静かに思索してはいかがでしょう。青森の兄さんとも相談して、よろしくとりはからわれるよう老婆心《ろうばしん》までに申し上げます。或いは最早《もは》や温泉行きの手筈《てはず》もついていることかと思います。温泉に引越したら御様子願い上げます。青柳君*なんかといっしょに訪《たず》ね、小生もその附近の宿にしばらく逗留《とうりゅう》してみたいと思います。奥さんによろしく。頓首。*井伏鱒二《いぶせますじ》。津島修治様。」

「三拾円しか出来ない。いのちがけ、ということをきいて心配いたして居りますが、どんなんですか。本当は九日ごろまでに、兄より何か、委細のおしらせあるか、と待って居たのですが。（一行あき。）こうして離れているとお互いの生活に対する認識不足が多いので、いろいろ困難なことにぶつかると思います。命がけというので、お送りするわけです。それも私の生活とても決して余裕がないので、サラリイの前がりをして（それも、そんなに多くは前貸はしない、）やるわけです。（一行あき。）勿体《もったい》ぶるわけではないんです。そしてゼイタクしているわけではありません。教師として、普通人の考えるが如《ごと》き生活をひたすらしているのではありません。嘗《かっ》て、君も私も若き血を燃やしたる仕事があった筈です。（文学ではないぜ。）それをです、そのためにです。それに、子供がうまれて以来、フラウが肺病、私が肺病（勿論《もちろん》軽いヤツ）で、火の車にちかい。（一行あき。）であるから、三〇で、がまんしてくれ。そして、出来るなら、返して呉《く》れ。こっちがイノチがけになってしまうから。（一行あき。）文壇ゴシップ、小説その他に於ける君の生活態度がどんなものかを大体知っている。しかし、私は、それを君のすべてであるとは信じたくない。（一行あき。）元気を出せ！　いのちがけの……死ぬの……そんな奴《やつ》があるか！　気質沢猛保。」
「悪習は除去すべきである。本郷《ほんごう》区千駄木《せんだぎ》町五十、吉田潔。」

月日。

「言わなければならぬと思いながら言えない。夏休みになったら手紙をかこうと決心した。手紙をかき度い。かかなければならぬと、思いながらなぜかけないのかということを考えた。『人は人を嘲《わら》うべきものでない』と言って呉れても、未《ま》だかけなかった。手紙がぼくを決める。手紙をかく決心がついた。明日から絵を一枚描く。そして一層決心をかためる。一週間で絵が大体出来る。それから蔦《つた》に行って手紙をかく、手紙をかかなかったら東京へ帰らない。どうなるにしても手紙をかいてからです。『青い鞭《むち》』創刊号うけとりました。私は実行します。創《つく》ったもの何もなく、ただこんな絵を描こうと思っただけで、貴方《あなた》に認められようとし、実行しない自身に焦心していました。船橋から帰る日、私への徹底的な絶望と思って私がかなしんだ、貴方の言葉は今、特に絶対必要なありがたい力をあたえてくれています。ピカソも、マチスも見方によっては一笑に付されることを実行している。私の、この頃描いた絵は実行でなく申し訳であったと思います。ぼくは長い長い手紙をかきたかったのだ。一分のスキもない手紙など『手紙が仲々出来ない』といったりしたことを鰭崎《ひれざき》君は誤解したらしい。一晩中よんでいられるような長い手紙をかこうと思ったのだ。ぼくは、いたちでない。手紙をかくと誓った日までは努力した。その日から君にものを言うに努力はない。ぼくは自分をりんごの木の様に重っぽく感ずることがある。他の奴とは口もきき度くない。君にだけならどんなことでも言える。この手紙を信じてくれなかったら、ぼくは死ぬ。敬四郎拝。」

月日。

「拝啓。突然ぶしつけなお願いですが、私を先生の弟子《でし》にして下さいませんか。私はダス・ゲマイネを読み、いまなお、読んでいます。私は十九歳。京都府立京都第一中学校を昨年卒業し、来年、三高文丙か、早稲田か、大阪薬専かへ行くつもりです。小説家になるつもりで必死の勉強しています。先生、どうか私を弟子にして下さい。それには、どんな手続きが必要でしょうか。偉大なる霊魂はただ偉大なる霊魂によって発見せられるのみであると辻潤が言っています。私は少しポンチを画《か》く才能をもち、文学に対する敏感さをも、持っています。上品な育ちです。けれども、少しヘンテコです。クリスチャンでもあり、スティルネリアンでもあるというあわれな男です。どうか御返事を下さい。太宰イズムが、恐ろしい勢で私たちのグルウプにしみ込みました。殆《ほと》ど喜死しました。さよなら。御返事をお待ちしています。三重県北牟婁《きたむろ》郡九鬼港、内山徹。追白。私は刺青《いれずみ》をもって居ります。先生の小説に出て来る模様と同一の図柄にいたしました。背中一ぱいに青い波がゆれて、まっかな薔薇《ばら》の大輪を、鯖《さば》に似て喙《くちばし》の尖《とが》った細長い魚が、四匹、花びらにおのが胴体をこすりつけて遊んでいます。田舎《いなか》の刺青師ゆえ、薔薇の花など手がけたことがない様で、薔薇の大輪、取るに足らぬ猿《さる》のお面そっくりで、一時は私も、部屋を薄暗くして寝て、大へんつまらなく思いましたが、仕合せのことには、私よほどの工夫をしなければ、わが背中見ること能《あた》わず、四季を通じて半袖《はんそで》のシャツを着るように心がけましたので、少しずつ忘れて、来年は三高文丙へ受験いたします。先生、私は、どうしたらいいでしょう。教えて呉れよ。おれは山田わかを好きです。きっと、腕力家と存じます。私の親爺《おやじ》やおふくろは、時折、私を怒らせて、ぴしゃっと頰《ほお》をなぐられます。けれども、親爺、おふくろ、どちらも弱いので、私に復讐《ふくしゅう》など思いもよらぬことです。父は、現役の陸軍中佐でございますが、ちっともふとらず、おかしなことには、いつまで経《た》っても五尺一寸です。ひょっとしたら、私は、ひどく不仕合せの子なのかも知れぬ。私の頭を撫《な》でて泣きます。ひ瘦《や》せてゆくだけなのです。余ほどくやしいのでしょう。私は平和主義者なので、きのうも十畳の部屋のまんなかに一人あぐらをかいて坐《すわ》って、あたりをきょろきょろ見廻していましたが、部屋の隅《すみ》がはっきりわかって、人間、けんかの弱いほど困ることがない。*内山十三。」

「おくるしみの御様子、みんなみんな、いまのあなたのお苦しみと、丁度、同じくらいの苦しみを忍んで生きて居るのです。創作、ここ半年くらいは、発表ひき受ける雑誌ございませぬ。作家の、おそかれ、早かれ、必ず通らなければならぬどん底。これは、ジャアナリストのあいだの黙契にて、いたしかたございませぬ。二十円同封。これは、私、とりあえず、おたてかえ申して置きますゆえ、気のむいたとき三、四枚の旅日記でも、御寄稿下さい。このお金で五六日の貧しき旅をなさるよう、おすすめ申します。私、ひとり残されても、あなたを信じて居ります。大阪サロン編輯部《へんしゅうぶ》、高橋安二郎。春田はクビになりました。私が、その様に取りはからいました。」

「奥さんからの御報告に依れば、お酒も、たばこも止《よ》したそうで、お察しいたします。そのかわり、バナナを一日に二十本ずつ、妻楊枝《つまようじ》、日に三十本は確実、尖端《せんたん》をしゅろの葉のごとくちぢに噛《か》みくだいて、所かまわず吐きちらしてあるいて居られる由、また、さしたる用事もなきに、床より抜け出て、うろついてあるいて、電燈《でんとう》の笠《かさ》に頭をぶっつけ、三つもこわせし由、すべて承り、奥さんの一難去ってまた一難の御嘆息も、さこそと思いますが、太宰ひとりがわるいのじゃない。みんながよってたかって、もの笑いのたねにしてしまって、ぼくは、それについて、二、三人の人物に、殺すともゆるしがたき憤怒《ふんぬ》をおぼえる。太宰、恥じるところなし。顔をあげて歩けよ。クロ。」「太宰様、その後、とんとごぶさた。文名、日、一日と御隆盛、要《い》らぬお世辞と言われても、少少くらいの御叱正《しっせい》には、おどろきませぬ。さきごろは又、『めくら草紙』圧倒的にて、私、「もの思う葦」を毎月拝読いたし、厳格の修養の資とさせていただいて居ります。すこしずつ危げなく着々と出世して行くお若い人たちのうしろすがたお見送りたてまつること、この世に生きとし生きて在る者の、もっとも尊き御光を拝する気持ちで、昨日は、神棚《かみだな》を掃除いたし、この上は、吉田様の御出世御栄達を祈るのみでございます。思えば不思議の御縁でございます。太宰様は、一年間に、原稿用紙三百枚、それも、ただ机のうえにきちんと飾って、かたわらに万年筆、いつお伺いしてみても、原稿用紙いちまいも減った様子が見えず、井伏*さんと無言で将棋、もしくは昼寝、私にとっては、一番わるいお客でございましたが、それでも、あの辺の作家へお品をとどけての帰途は、必ずお寄り申しあげ、お茶のごちそうにあずかり、きっとあらわれるお方と、ひそかにたのしみにして居りました。けっして、人の陰口をきかず、よその人の消息をお話申しあげても、つまらなそうにして、私の商売のことのみ、たいへん熱心に御研究でございました。私の目に狂いはなく、きのうも某劇作大家の御面前にて、この自慢話一席ご披露して、大成功でございました。叱《しか》られても、いたしかたございません。以後、決して他でお噂《うわさ》申しませぬゆえ、此《こ》のたびに限り、御寛恕《かんじょ》ください。とんだところで大失敗いたしました。さて、お言いつけの原稿用紙、今月はじめ五百枚を、おとどけ申しましたばかりのところ、また、五百枚の御註文《ちゆうもん》、一驚つかまつりました。千枚、昨夜お送り申しました。だまって御受納下さいまし。第一小説集、いまだ出版のはこびにいたりませぬか、出版記念会には、私、鶴亀《つるかめ》うたい申し、心のよろこびの万一をお伝えいたしたく、ただし*佐藤家に於《お》いては、私の鶴亀わめき出《い》ずる様の会には、出席いたさぬゆえ、このぶんでは、出版記念会も、*佐藤家全員出席の会、ほかに*佐藤家欠席、鶴亀出現の会、と二つ行わずばなるまいなど、*佐藤家の取沙汰《とりざた》でございます。尚《なお》、このたびは、*『歴史文学』にいよいよ創作御執筆の由私の今月はじめの御注進、すこしは、お役に立ちましたことと存じ、以後も、ぬからず御報告申上べく、いつも、年がいなく騒ぎたて、私ひとり合点の不文、わけわからずとも、その辺よろしく御判読下さいまし。師走もあと一両日、商人、尻《しり》に火のついた思いでございます。深夜、三時ころなるべし。田所美徳。太宰治様。」

「御手紙拝見いたしました。御窮状の程、深く拝察致します。こんな御返事申し上ることが自分でも不愉快だし、殊《こと》にあなたにどう響くかが分るだけに、一寸《ちよつと》書きしぶっていたのですが、今月は自分でも馬鹿《ばか》なことを仕出かして大変、困っているのです。従って到底御用立出来ませんから悪《あ》しからず御了承下さい。これは全く事実の問題です。気持ちの上のかけ引なぞ全くございませぬ。あなたに対する誠意の変らぬことを、若《も》し出来れば、信じて下さい。窓の下、歳《とし》の市《いち》の売り出しにて、笑いさざめきが、ここまで聞えてまいります。おからだ御大事にねがいます。太宰治様。細野鉄次郎。」

＊

月日。

「謹啓。太宰治様。おそらく、これは、女性から貴方《あなた》に差しあげる最初の手紙と存じます。貴方は、女だから、男は、あなたにやさしくしてやり、けれども、女はあなたを嫉妬《しつと》して居《お》ります。先日お友達のところで、(私は神楽坂《かぐらざか》の寄席《よせ》で、火鉢《ひばち》とお蒲団《ふとん》を売ってはたらいて居ります。)あなたのお手紙を読んで、たいへん不愉快の思いをいたしました。そのお友達は、ふたいとことというのでしょうか、大叔父《おおおじ》というのでしょうか、たいへんややこしく、それでも、たしかに血のつながりでございます。日本大学の夜学に通っています。電気技師になるとのお話で、もう二年経《た》てば、私はこのお友達のところへお嫁にまいります。夜に大学へ行き、朝には京王《けいおう》線の新築された小さい停車場の、助役さんの肩書で、べんとう持って出掛けます。この助役さんは、貴方へ、一週間にいちどずつ、親兄弟にも言わぬ大事のことがらを申し述べて、そうして、四週間に一度ずつ、下女のように、ごみっぽい字で、二、三行かいたお葉書いただき、アルバムのようなものに貼《は》って、来る人、来る人に、たいへんのはしゃぎかたで見せて、私は、涙ぐむことさえあります。ときどきは寝てからも読むと見えて、そのアルバムを、蒲団の下にかくしていて、日曜の朝でございます、私は謙さんを起しに行って、そうして、そのアルバムを見つけ、謙さんは、見つけられて、たいへん顔を赤くして、死にものぐるいで私からひったくりました。私は、うんと、大声はりあげて泣きました。たいへんつまらないお葉書です。貴方は、読者の目を、もっともっと高く、かわなければいけない。愛読者ですというてお手紙さしあげることは、男として、ご出世まえの男として、必死のことと存じます。作家は人間でないのだから、人間の誠実がわからない。貴方のアルバムのお葉書、十七枚ございましたが、お約束でもしてあるように、こんどは何何の何月号に何枚かきました。こんどは何々という題で、何百頁《ページ》の小説集を出します。ほかのこと、言うても判《わか》らぬ、とでもお思いなのですか。謙さんは、小学校のとき、どんなに学問できたか知っていますか？　また、私だって、学業とお針では、ひとに負けたことがございません。これからは、おハガキお断り申します。謙さんが可愛《かわい》そうでございます。たいてい何か小説発表の五六日まえに、おハガキお書きになるのね。挨拶状《あいさつじょう》五十枚もお出しになったのでございますか？　私たち寄席のお師匠さんが、新作読むまえに、耳ふさぎと申して、おそばか、すしを廻しますが、すしをごちそうになってから新作もの承りますと、不思議なものです。たいへんご立派に聞えます。違うところ、ございませんのね。謙さんは、あなたを尊敬して居るのではございません。そんなにひとり合点《がてん》なさいましては、とんでもないことになりましょう。貴方のお小説のどこを、また、どんな言葉で、申して居るか、私は、あんまり謙さんのお心ありがたくて、レコオドに含ませて、あなたへお送りしたく存じます。どんな雑誌にお書きになろうと、他にもファンが、どんなにたくさんおいでになろうと、謙さんには、ちっとも問題でございませぬ。そうして、謙さんは、人間として、どうしてもあなたより上でございますから、あなた御自身でお気のつかないところを、よく細心注意なされ、そうして、貴方をかばっています。私たちの二年後の家庭の幸福について少しでもお考え下さいましたならば、貴方様も、以後、謙さんへあんな薄汚《うすぎたな》いもの寄こさないで下さい。いつでも、私たちの争いのもとです。さいわいにも、あなたに、少しでも人間らしいお心ございましたら、今後、態度をおあらため下さることを確信いたします。ゆめにさえ疑い申しませぬ。明瞭《めいりよう》に申しますれば、私は、貴方も、貴方の小説も、共に好みませぬ。毛虫のついた青葉の*したをくぐり抜ける気持ちでございます。一刻も早く、さよなら。太宰治先生、平河多喜。知らないお人へ、こっそり手紙かくこと、きっと、生涯にいちどのことでございましょう。帯のあいだにかくした手紙、出したりかくしたりして、立ったまま、たいへん考えました。」

「そんなに金がほしいのかね。けさ、またまた、新聞よろず案内欄で、たしかに君と思われる男の、たしかに私と思われる男へあてた、SOSを発見、おそれいって居る。おかしなもので、きのうまでは大いにみずみずしい男も、お金のSOS発してからは、興味さく然、目もあてられぬのは、どうしたことであろう。君は、イモクテネなどの*気ちがいの呪文《じゆもん》の言葉をはたして誦《ず》したかどうか。その呪文を述べたときに、君は、どのような顔つきをしたか、自ら称して、最高級、最低級の両意識家とやらの君が、百円の金銭のために、小生如《ごと》き、住所も身分も不明のものに、チンチンおあずけをする、そのときの表情を知りたく思うゆえ、このつぎにエッセエを、どこか雑誌へ発表の折に一箇条、他の読者には、わからなくてもよし、ぼく一人のために百言ついやせ。Xであり、Yであり、しかも最も重大なことには、百円、あそんでいるお金の持ち主より。そのおかかえ作家、太宰治へ。太宰治君、誰も知るまいと思って、あさましいことはやめよ。自重をおすすめします。」

月日。

「太宰さん。私も一、二夜のちには二十五歳。私、二十五歳より小説かいて、三十歳で売れるようになって、それから、家の財産すこしわけてもらって、それから田舎《いなか》の約束している近眼のひとと結婚します。さきに男の児《こ》、それから女の児、それから男、男、男、女。という順序で子供をつくり、四男が風邪《かぜ》のこじれから肺炎おこして、五歳で死んで、それから、すっかり老いこんで、それでも、年に二篇ずつ、しっかりした小説かいて、五十三歳で死にます。私の父も、五十三歳で死んで、みんなが父をほめていました。ちょうどいい年ごろなのでしょう。まえまえからお話あった『歴史文学』＊よりの御註文の小説、完成、雑誌社へお送り申しました由《よし》、いまからその作品の期待で、胸がふくれる。きっと傑作でございましょう。」

「前略。小説完成の由。大慶なり。破れるほどの喝采《かっさい》にて、またもわれら同業者の生活をおびやかす下心と見受けたり。おめでとう。『歴史文学』＊社のほうへ送った由、も少し稿料よろしきほうへ送ったらよかったろうに。でも、まあ、大みそか、お正月、百円くらい損してもいいから、一日もはやく現なま摑《つか》みたい心理、これは、私たちマゲモノ作家も、君たち、純文学者も変りない様子。よい初春が来るよう。*」

月日。

「先日、（二十八日頃）お母上様のお言いつけにより、お正月用の餅《もち》と塩引《しおびき》と一包、キュウリ一樽《ひとたる》お送り申しあげましたところ、御手紙に依《よ》れば、キュウリ不着の趣《おもむ》き御手数ながら御地停車場を御調べ申し御返事願上候《そうろう》、以上は奥様へ御伝え下されたく、以下、二三言、私、明けて二十八年、*津島家出入りの貧しき商人、全く無学の者に候が、御無礼せんえつ、わきまえつつの苦言、今は延々すべきときに非《あら》ずと心得られ候まま、汗顔平伏、お耳につらきこと開陳、暫時《ざんじ》、おゆるし被下度《くだされたく》候、噂《うわさ》に依れば、このごろ又々、借銭の悪癖萠《も》え出で、一面識なき名士などにまで、借銭の御申込、しかも犬の如き哀訴嘆願、おまけに断絶を食い、てんとして恥じず、借銭どこが悪い、お約束の如くに他日返却すれば、向うさまへも、ごめいわくなし、こちらも一命たすかる思い、どこがわるい、と先日も、それがために奥様へ火鉢投じて、ガラス戸二枚破損の由、話、半分としても暗涙とどむる術《すべ》ございませぬ。貴族院議員、勲二等の御家柄、貴方がた文学者にとっては何も誇るべき筋みちのものに無之《これなく》、古くさきものに相違なしと存じられ候が、お父上おなくなりのちの天地一人のお母上様を思い、私めに顔たてさせ然《しか》るべしと存じ候、『われひとりを悪者として勘当除籍、家郷追放の現在、いよいよわれのみをあしざまにののしり、それがために四方八方うまく治まり居る様子』などのお言葉、おうらめしく存じあげ候。今しばし、お名あがり家とと のうたるのちは、御兄上様御姉上様、何条もってあしざまに申しましょうや、必ずその様の曲解、御無用に被存《ぞんぜられ》候、先日も、山木田様へお嫁《とつ》ぎの菊子姉上様より、しんからのおなげき承り、私、芝居のようなれども、政岡《まさおか》の大役お引き受け申し、きらいのお方なれば、たとえ御主人筋にても、かほどの世話は、ごめんにて、私のみに非ず、菊子姉上様も、貴方のお世話のため、御嫁先の立場も困ることあるべしと存じられ候も、むりしての御奉仕ゆえ、本日かぎりよそからの借銭は必ず必ず思いとどまるよう、万やむを得ぬ場合は、当方へ御申越願度《た》く、でき得る限りの御辛抱ねがいたく、このこと兄上様へ知れると小生の一大事につき、今回の所は小生一時御立替御用立申上候間、此の点お含み置かれるよう願上候、重ねて申しあげ候が、私とて、きらいのお方には、かれこれうるさく申し上げませぬ、このことお含みの上、御養生、御自愛、願上候。青森県金木《かなき》町、津島会治。*太宰治先生。末筆ながら、めでたき御越年、祈居候。」

元旦《がんたん》

「謹賀新年。」「献春。」「あけましておめでとう。」「賀正。」「頌春献寿《しようしゆん》。」「献春。」「冠省。ただいま原稿拝受。何かのお間違いでございましょう。当社では、おたのみした記憶これ無く、不取敢《とりあえず》、別封にて御返送、お受取願い上ます。『歴史文学』編輯部《へんしゆうぶ》、R。」「謹賀新春。」「賀正。」「頌春。」「謹賀新年。」「謹賀新年。」「謹賀新年。」「謹賀新年。」「賀春。」「おめでとございます。」「新年のおよろこび申し納めます。」「賀春。」「謹賀新年。」「頌春。」「賀春。」「頌春献寿。」

雌に就《つ》いて

フィジー人は其《その》最愛の妻すら、少しく嫌味《いやみ》を覚ゆれば忽《たちま》ち殺して其肉を食うと云《い》う。又タスマニヤ人は其妻死する時は、其子までも共に埋めて平然たる姿なりと。濠洲《ごうしゅう》の或《あ》る土人の如《ごと》きは、其妻の死するや、之《これ》を山野に運び、其脂《あぶら》をとりて釣魚の餌《えさ》となすと云う。

その若草という雑誌に、老い疲れたる小説を発表するのは、いたずらに、奇を求めての仕業《しわざ》でもなければ、読者へ無関心であるということへの証明でもない。このような小説もまた若い読者たちによろこばれるのだと思っているからである。私は、いまの世の中の若い読者たちが、案外に老人であることを知っている。こんな小説くらい、なんの苦もなく受けいれて呉《く》れるだろう。これは、希望を失った人たちの読む小説である。

ことしの二月二十六日には、東京で、青年の将校たちがことを起した。その日に私は、客人と、長火鉢《ながひばち》をはさんで話をしていた。事件のことは全く知らずに、女の寝巻に就《つ》いて、話をしていた。

「どうも、よく判《わか》らないのだがね。具体的に言ってみないか、リアリズムの筆法でね。女のことを語るときには、この筆法に限るようだ。寝巻は、やはり、長襦袢《ながじゅばん》かね？」

このような女がいたなら、死なずにすむのだがというような、お互いの胸の奥底にひめたる、あこがれの人の影像をさぐり合っていたのである。客人は、二十七八歳の、弱い側妻《そばめ》を求めていた。向島《むこうじま》の一隅《いちぐう》の、しもたやの二階を借りて住まっていて、五歳のててなし児《ご》とふたりきりのくらしである。かれは、川開きの花火の夜、そこへ遊びに行き、その五歳の娘に絵をかいてやるのだ。まんまるいまるをかいて、それを真黄《まっき》いろのクレオンでもって、ていねいに塗りつぶし、満月だよ、と教えてやる。女は、幽《かす》かな水色の、タオルの寝巻を着て、藤《ふじ》の花模様の伊達巻《だてまき》をしめる。客人は、それを語ってから、こんどは、私の女を問いただした。問われるがままに、私も語った。僕たちは、

「ちりめんは御免だ。不潔でもあるし、それに、だらしがなくていけない。どうも意気ではないのでねえ。」

「パジャマかね？」

「いっそう御免だ。着ても着なくても、おなじじゃないか。上衣《うわぎ》だけなら漫画ものだ。」

「それでは、やはり、タオルの類《たぐい》かね？」

「いや、洗いたての、男の浴衣《ゆかた》だ。荒い棒縞《ぼうじま》で、帯は、おなじ布地の細紐《ほそひも》。柔道着のように、前結びだ。あの、宿屋の浴衣だな。あんなのがいいのだ。すこし、少年を感じさせるような、そんな女がいいのかしら。」

「わかったよ。君は、疲れている疲れていると言いながら、ひどく派手なんだね。いちばん華《はな》やかな祭礼はお葬《とむら》いだというのと同じような意味で、君は、ずいぶん好色なところをねらっているのだよ。髪は？」

「日本髪は、いやだ。油くさくて、もてあます。かたちも、たいへんグロテスクだ。」

「それ見ろ。無雑作の洋髪なんかが、いいのだろう？女優だね。むかしの帝劇専属の女優なんかがいいのだよ。」

「ちがうね。女優は、けちな名前を惜しがっているから、いやだ。」

「茶化しちゃいけない。まじめな話なんだよ。」

「そうさ。僕も遊戯だとは思っていない。愛することは、いのちがけだよ。甘いとは思わない。」

「どうも判らん。リアリズムで行こう。旅でもしてみるかね。さまざまに、女をうごかしてみると、案外はっきり判って来るかもしれない。」

「ところが、あんまりうごかない人なのだ。ねむっているような女だ。」

「君は、てれるからいけない。こうなったら、厳粛に語るよりほかに方法がないのだ。まず、その女に、君の好みの、宿屋の浴衣を着せてみようじゃないか。」

「それじゃ、いっそのこと、東京駅からやってみようか。」

「よし、よし。まず、東京駅に落ち合う約束をする。」

「その前夜に、旅に出ようとそれだけ言うと、ええ、とうなずく。午後の二時に東京駅で待っているよ、と言うと、また、ええとうなずく。それだけの約束だね。」

「待て、待て。それは、なんだい。女流作家かね？」

「いや、女流作家はだめだ。僕は女流作家には評判が悪いのだ、どうもねえ。少し生活に疲れた女画家。お金持の女の画《え》かきがあるようじゃないか。」

「同じことさ。」

「そうかね。それじゃ、やっぱり芸者ということになるかねえ。とにかく、男におどろかなくなっている女ならいいわけだ。」

「その旅行の前にも関係があるのかね？」

「あるような、ないような。よしんば、あったとしても、記憶が夢みたいに、おぼつかない。一年に、三度より多くは逢《あ》わない。」

「旅は、どこにするか。」

「東京から、二三時間で行けるところだね。山の温泉がいい。」

「あまりはしゃぐなよ。女は、まだ東京駅にさえ来ていない。」

「そのまえの日に、うそのような約束をして、まさかと思いながら、それでもひょっとしたらというような、たよりない気持で、東京駅へ行ってみる。来ていない。それじゃ、ひとりで旅行しようと思って、それでも、最後の五分まで、待ってみる。」

「荷物は？」

「小型のトランクひとつ。二時にもう五分しかないという、危いところで、ふと、うしろを振りかえる。」

「女は笑いながら立っている。」

「いや、笑っていない。まじめな顔をしている。おそくなりまして、と小声でわびる。」

「君のトランクを、だまって受けとろうとする。」

「いや、要《い》らないのです、と明白にことわる。」

「青い切符かね？」

「一等か三等だ。まあ、三等だろうな。」

「汽車に乗る。」

「女を誘って食堂車へはいる。テエブルの白布も、テエブルのうえの草花も、窓のそとの流れ去る風景も、不愉快ではない。僕はぼんやりビイルを呑《の》む。」

「女にも一杯ビイルをすすめる。」

「いや、すすめない。女には、サイダアをすすめる。」

「夏かね？」

「秋だ。」

「ただ、そうしてぼんやりしているのか？」

「ありがとうと言う。それは僕の耳にさえ大へん素直にひびく。ひとりで、ほろりとする。」

「宿屋へ着く。もう、夕方だね。」

「風呂《ふろ》へはいるところあたりから、そろそろ重大になって来るね。」

「もちろん一緒には、はいらないね？　どうする？」

「一緒には、どうしてもはいれない。僕がさきだ。ひと風呂浴びて、部屋へ帰る。女は、どてらに着換えている。」

「そのさきは、僕に言わせて呉れ。ちがったら、ちがった、と言って呉れたまえ。およその見当は、ついているつもりだ。君は部屋の縁側の籐椅子《とういす》に腰をおろして、煙草《たばこ》をやる。煙草は、ふんぱつして、Camelだ。紅葉の山に夕日があたっている。しばらくして、女は風呂からあがって来る。縁側の欄干に手拭《てぬぐい》を、こうひろげて掛けるね。それから、君のうしろにそっと立って、君の眺《なが》めているその同じものを従順《おとな》しく眺めている。君が美しいと思っているその気持をそのとおりに、汲《く》んでいる。ながくて五分間だね。」

「いや、一分でたくさんだ。五分間じゃ、それっきり沈んで死んでしまう。」

「お膳《ぜん》が来るね。お酒がついている。呑むかね？」

「待てよ。女は、東京駅で、おそくなりまして、と言ったきりで、それからあと、まだ何も言ってやしない。この辺で何か、もう一ことくらいあっていいね。」

「いや、ここで下手《へた》なことを言いだしたら、ぶちこわしだ。」

「そうかね。じゃまあ、だまって部屋へはいって、お膳のまえに二人ならんで坐《すわ》る。へんだな。」

「ちっともへんじゃない。君は、女中と何か話をしていれば、それで、いいじゃないか。」

「いや、そうじゃない。女が、その女中さんをかえしてしまうのだ。こちらでいたしますから、と低いがはっきり言うのだ。不意に言うのだ。」

「なるほどね。そんな女なのだね。」

「それから、男の児のような下手な手つきで、僕にお酌をする。すましている。お銚《ちょう》子《し》を左の手に持ったまま、かたわらの夕刊を畳のうえにひろげ、右の手を畳について、夕刊を読む。」

「夕刊には、加茂《かも》川《がわ》の洪水の記事が出ている。」

「ちがう。ここで時世の色を点綴《てんてい》させるのだね。動物園の火事がいい。百匹にちかいお猿《さる》が檻《おり》の中で焼け死んだ。」

「陰惨すぎる。やはり、明日の運勢の欄あたりを読むのが自然じゃないか。」

「僕はお酒をやめて、ごはんにしよう、と言う。女とふたりで食事をする。たまご焼がついている。わびしくてならぬ。急に思い出したように、箸《はし》を投げて、机にむかう。トランクから原稿用紙を出して、それにくしゃくしゃ書きはじめる。」

「なんの意味だね？」

「僕の弱さだ。こう、きざに気取らなければ、ひっこみがつかないのだ。業《ごう》みたいなものだ。ひどく不気嫌《ふきげん》になっている。」

「じたばたして来たな。」

「書くものがない。いろは四十七文字を書く。なんどもなんども、繰りかえし繰りかえし書く。書きながら女に言う。いそぎの仕事を思い出した、忘れぬうちに片づけてしまいたいから、あなたは、その間に、まちを見物していらっしゃい。しずかな、いいまちです。」

「いよいよぶちこわしだね。仕方がない。女は、はあ、と承諾する。着がえしてから部屋を出る。」

「僕は、ひっくりかえるようにして寝ころぶ。きょろきょろあたりを見まわす。」

「夕刊の運勢欄を見る。一白水星、旅行見合せ、とある。」

「一本三銭の Camel をくゆらす。すこし豪華な、ありがたい気持になる。自分が可《か》愛《わい》くなる。」

「女中がそっとはいって来て、お床は？　ということになる。」

「はね起きて、二つだよ、と快活に答える。ふと、お酒を呑みたく思うが、がまんをする。」

「そろそろ女のひとがかえって来ていいころだね。」

「まだだ。やがて女中のいなくなったのを見すまして、僕は奇妙なことをはじめる。」

「逃げるのじゃ、ないだろうね。」

「お金をしらべる。十円紙幣が三枚。小銭が二三円ある。」

「大丈夫だ。女がかえったときには、また、贋《にせ》の仕事をはじめている。はやかったかしら、と女がつぶやく。多少おどおどしている。」

「答えない。仕事をつづけながら、僕にかまわずにおやすみなさい、と言う。すこし命令の口調だ。いろはにほへと、一字一字原稿用紙に書き記《しる》す。」

「女は、おさきに、とうしろで挨拶《あいさつ》をする。」

「ちりぬるをわか、と書いて、ゐひもせす、と書く。それから、原稿用紙を破る。」

「いよいよ、気ちがいじみて来たね。」

「仕方がないよ。」

「まだ寝ないのか？」

「風呂場へ行く。」

「すこし寒くなって来たからね。」

「それどころじゃない。軽い惑乱がはじまっているのだ。お湯に一時間くらい、阿呆《あほう》みたいにつかっている。風呂から這《は》い出るころには、ぼっとして、幽霊だ。部屋へ帰って来ると、女は、もう寝ている。枕《まくら》もとに行燈《あんどん》の電気スタンドがついている。」

「女は、もう、ねむっているのか？」

「ねむっていない。目を、はっきりと、あいている。顔が蒼《あお》い。口をひきしめて、天井を見つめている。僕は、ねむり薬を呑んで、床へはいる。」

「女の？」

「そうじゃない。——寝てから五分くらいたって、僕は、そっと起きる。いや、むっくり起きあがる。」

「涙ぐんでいる。」

「いや、怒っている。立ったままで、ちらと女のほうを見る。女は蒲団《ふとん》の中でからだをかたくする。僕はその様を見て、なんの不足もなくなった。トランクから荷風《かふう》の冷笑という本を取り出し、また床の中へはいる。女のほうへ脊《せ》をむけたままで、一心不乱に本を読む。」

「荷風は、すこし、くさくないかね？」

「それじゃ、バイブルだ。」

「気持は、判《わか》るのだがね。」

「いっそ、草双紙《くさぞうし》ふうのものがいいかな？」

「君、その本は重大だよ。ゆっくり考えてみようじゃないか。怪談の本なんかもいいのだがねえ。何かないかね。パンセは、ごついし、春夫《はるお》の詩集は、ちかすぎるし、何かありそうなものだがね。」

「——あるよ。僕のたった一冊の創作集。」

「ひどく荒涼として来たね。」

「はしがきから読みはじめる。うろうろうろうろ読みふける。ただ、ひたすらに、われに救いあれという気持だ。」

「女に亭主があるね？」

「脊中のほうで水の流れるような音がした。ぞっとした。かすかな音であったけれども、脊柱《せきちゅう》の焼けるような思いがした。女が、しのんで寝返りを打ったのだ。」

「それで、どうした？」

「死のうと言った。女も、——」

「よしたまえ。空想じゃない。」

客人の推察は、あたっていた。そのあくる日の午後に情死を行った。芸者でもない、画家でもない、私の家に奉公していたまずしき育ちの女なのだ。

女は寝返りを打ったばかりに殺された。私は死に損《そこ》ねた。七年たって、私は未《いま》だに生きている。

創生記

――愛ハ惜シミナク奪ウ。

太宰イツマデモ病人ノ感覚ダケニ興ジテ、高邁《コウマイ》ノ精神ワスレテハイナイカ、コンナ水族館ノめだかミタイナ、片仮名、読ミニククテカナワヌ、ナドト佐藤ジイサン、言葉ハ怒リ、内心ウレシク、ドレドレ、ト眼鏡カケナオシテ、エエト、ナニナニ？——海ノ底デネ、青イ袴《ハカマ》ハイタ女学生ガ昆布《コブ》ノ森ノ中、岩ニ腰カケテ考エテイタソウデス、エエ、ホントニ。婦人雑誌ニ出テイタ、潜水夫タチノ座談会。ソノホカニモ水死人、サマザマノスガタデ考エテイルソウデス、白イ浴衣《ユカタ》着タ叔父《オジ》サンガ、フトコロニ石ヲ一杯イレテ、ヤハリ海ノ底、砂地ヘドッカトアグラカイテ威張ッテイタ。沈没シタ汽船ノ客室ノ、扉《トビラ》ヲアケタラ、五人ノ死人ガ、スット奥カラ出テ来タソウデス。ケレドモ、川ノ中ニイル水死人ハ、立ッタママ、男ハ、キマッテ、頭ヲマエニウナダレ、女ハ、*コレモキマッテ、胸ヲ張リ、顔ヲ仰向《アオムケ》ニシテ、底ノ砂利ニ、足ガ、カスカニ触レテイルクライ、スックト爪《ツマ》サキ立ッテイルソウデス、川ノ流レニシタガッテ、チョンチョン歩イテイルソウデス、丸マゲ崩《クズ》レヌヒトリノ女ハ、ゴム人形ダイテ歩イテイタ、ツカンデ見レバ、ソレハ人ノ児《コ》、乳房フクンデ眠ッテイタ。ココマデ書イテ、書ケナクナッタ。コンドハ、私ガ考エタ。カノ昆布ノ森ノ女学生ヨリモ、モット、シズカニ考エタ。四十日ホド考エタ。一日、一日、カク手ガ氾濫《ハンラン》シテ来テ、何ヲ書イテモ、ドンナニ行儀ワルク書イテモ、ドンナニ甘ッタレテ書イテモ、ソレガ、ソンナニ悪イ文章デナシ、ヒトトオリ、マトマリ、ドウニカ小説、佳品、トシテノ体ヲ為《ナ》シテイル様、コレハ危イ。スランプ。打チサエスレバ、カナラズ安打。走リサエスレバ、必ズ十秒四。十秒三、デモナケレバ、五デモナイ。スランプトハ、コノ様ナ、パッション消エタル白日ノ下ノ倦怠《ケンタイ》、真空管ノ中ノ重サ失ッタ羽毛、ナカナカ、ヤリキレヌモノデアル。時々刻々ノワガ姿、笑ッタ、怒ッタ、マノワルキカッカッ燃ユル頬《ホオ》、トウモロコシムシャムシャ、ヒトリ伏シテメソメソ泣イテイル、スベテ記《シル》シテ、ノチノチノ弱キ、ケレドモ温《アタタカ》キ若キ人ノタメニ、尊キ文字タルベキコト疑ワズ、ソコガソレ、スランプノモト。

もういい。太宰、いい加減にしたら、どうか。

過善症。

猛然、書きたい朝が来る。その日まで待て。十年。おそしとせず。

＊彼失《カレウシナ》ワズ

ケサ、六時《ロクジ》、＊林房雄《ハヤシフサオ》氏ノ一文《イチブン》、読《ヨ》ンデ、私《ワタシ》カカナケレバナルマイト存《ゾン》ジマシタ。多《タ》少《ショウ》ノ悲痛《ヒツウ》ト、＊決断《ケツダン》、カノ小論《ショウロン》ノ行間《ギョウカン》ヲ洗《アラ》イ流《ナガ》レテ清潔《セイケツ》ニ存《ゾン》ジマシタ。文壇《ブンダン》、コノ四、五年《ネン》ナカッタコトダ。ヨキ文章《ブンショウ》ユエ、若《ワカ》キ真実《シンジツ》ノ読者《ドクシャ》、スナワチ立《タ》チテ、君《キミ》ガタメ、マコト乾杯《カンパイ》、痛《イタ》イッ！ト飛《ト》ビアガルホドノアツキ握手《アクシュ》。

石坂氏《イシザカシ》ハダメナ作家《サッカ》デアル。葛西善蔵先生《カサイゼンゾウセンセイ》ハ、旦那芸《ダンナゲイ》ト言《イ》ウテ深《フカ》ク苦慮《クリョ》シテ居《イ》マシタ。以来《イライ》、十春秋《ジッシュンジュウ》、日夜《ニチヤ》転輾《テンテン》、鞭影《ベンエイ》キミヲ尅《コク》シ、九狂一拝《キュウキョウイッパイ》ノ精進《ショウジン》、師《シ》ノ御懸念《ゴケネン》一《イッ》掃《ソウ》ノオ仕事《シゴト》シテ居《オ》ラレルナラバ、私《ワタクシ》、何《ナニ》ヲ言《イ》オウ、声高《コエタカ》ク、「アリガトウ」ト明朗《メイロウ》、粛然《シュクゼン》ノ謝辞《シャジ》ノミ。シカルニ、此《コ》ノ頃《ゴロ》ノ君《キミ》、タイヘン失礼《シツレイ》ナ小説《ショウセツ》カイテ居《オ》ラレル。家郷《カキョウ》追放《ツイホウ》、吹雪《フブキ》ノ中《ナカ》、妻子《ツマコ》トワレ、三人《サンニン》ヒシト抱《ダ》キ合《ア》イ、行《ユ》ク手《テ》サダマラズ、ヨロヨロ彷徨《ホウコウ》、衆人蔑視《シュウジンベツシ》ノ的《マト》タル、誠実《セイジツ》、小心《ショウシン》、含羞《ガンシュウ》ノ徒《ト》、オノレノ百《ヒャク》ノ美《ウツク》シサ、一《イチ》モ言《イ》イ得《エ》ズ、高円寺《コウエンジ》ウロウロ、コーヒー飲《ノ》ンデ明日《アス》知《シ》レヌ命《イノチ》見《ミ》ツメ、溜息《タメイキ》、他《ホカ》ニ手段《シュダン》ナキ、コレラ一万《イチマン》ノ青年《セイネン》ヲ思《オモ》エ。貧苦《ヒンク》オススメシテイルノデハナイ。コレラ一万《イチマン》ノ正直《ショウジキ》、シカモ、バカ、疑《ウタガ》ウコトサエ知《シ》ラヌ弱《ヨワ》ク優《ヤサ》シキ者《モノ》、キミヲ畏敬《イケイ》シ、キミノ五百枚《ゴヒャクマイ》ノ精進《ショウジン》ニ魂消《タマシイキ》ユルガ如《ゴト》ク驚《オドロ》キ、ハネ起《オ》キテ、兵古帯《ヘコオビ》ズルズル引《ヒ》キズリナガラ書店《シヨテン》ヘ駈《カ》ケツケ、女房《ニヨウボウ》ノヘソクリ盗《ヌス》ンデ短銃《タンジユウ》買《カ》ウガ如《ゴト》キトキメキ、一読《イチドク》、ムセビ泣《ナ》イテ、三嘆《サンタン》、ワガ身《ミ》クダラナク汚《キタナ》ク壁《カベ》ニ頭《アタマ》打《ウ》チツケタキ思《オモ》イ、アア、君《キミ》ノ姿《スガタ》ノミ燦然《サンゼン》、日《ヒ》マワリノ花《ハナ》、石坂君《イシザカクン》、キミハ鶴見祐輔《ツルミユウスケ》ヲ笑《ワラ》エナイ。理解《リカイ》ノミ。生命《イノチ》ナシ。

ノッソリ出《デ》テ来《キ》テ、蠅《ハエ》タタキノ如《ゴト》ク、バタットヤッテ、ウムヲ言《イ》ワサヌ。五百枚《ゴヒヤクマイ》。良心《リヨウシン》。今《イマ》ニ見《ミ》ヨ、ナド匕首《アイクチ》ノゾカセタル態《テイ》ノケチナ仇討《アダウ》チ精進《シヨウジン》、馬鹿《バカ》、投《ナ》ゲ捨《ス》テヨ。

*島崎藤村《シマザキトウソン》。島木健作《シマキケンサク》。出稼人根性《デカセギニンコンジヨウ》ヤメヨ。袋《フクロ》カツイデ見事《ミゴト》ニ帰郷《キキヨウ》。被告《ヒコク》タル酷烈《コクレツ》ノ自意識《ジイシキ》ダマスナ。ワレコソ苦悩者《クノウシヤ》。刺青《イレズミ》カクシタ聖僧《セイソウ》。オ辞儀《ジギ》サセタイ校長《コウチヨウ》サン。

*「話《ハナシ》」編輯長《ヘンシユウチヨウ》。勝《カ》チタイ化《バ》ケ物《モノ》。笑《ワラ》ワレマイ努力《ドリヨク》。作家《サツカ》ドウシハ、片言万了《ヘンゲンマンリヨウ》。貴作《キサク》ニツキ、御自身《ゴジシン》、再検《サイケン》ネガイマス。真偽看破《シンギカンパ》ノ良策《リヨウサク》ハ、一作《イツサク》、失《ウシナ》イシモノノ深《フカ》サヲ計《ハカ》レ。

「二人殺《フタリコロ》シタ親《オヤ》モアル。」トカ。

知《シ》ルヤ、君《キミ》、断食《ダンジキ》ノ苦《クル》シキトキニハ、カノ偽善者《ギゼンシヤ》ノ如《ゴト》ク悲《カナ》シキ面容《オモモチ》ヲスナ。コレ、神《カミ》ノ子《コ》ノ言《ゲン》。超人《チヨウジン》説《ト》ケル小心《シヨウシン》、恐々《キヨウキヨウ》ノ人《ヒト》ノ子《コ》、笑《ワラ》イナガラ厳粛《ゲンシユク》ノコトヲ語《カタ》レ、ト秀抜真珠《シユウバツシンジユ》ノ哲人《テツジン》、叫《サケ》ンデ自責《ジセキ》、狂死《キヨウシ》シタ。自省直《ジセイナオ》ケレバ千万人《センマンニン》ト言《イ》エドモ、——イヤ、握手《アクシユ》ハマダマダ、ソノ楯《タテ》ノウラノ言葉《コトバ》ヲコソ、「自省直《ジセイナオ》カラザレバ、乞食《コジキ》ト会《ア》ッテモ、赤面狼狽《セキメンロウバイ》、被告《ヒコク》、罪人《ザイニン》、酒屋《サカヤ》ニ飛《ト》ビ込《コ》ム。」

カッテ私《ワタシ》ハ、愛《アイ》ノ哲人《テツジン》、ヘエゲルノ子《コ》デアッタ。哲学《テツガク》ハ、知《チ》ヘノ愛《アイ》デハナクテ、真《シン》実《ジツ》ノ知《チ》トシテ成立《セイリツ》セシムベキ様《サマ》ノ体系知《タイケイチ》デアル、ヘエゲル先生《センセイ》ノコノ言葉《コトバ》、一学兄《イチガッケイ》ニ教《オシ》エラレタ。的言《マトイ》イアテルヨリハ、ワガ思念開陳《シネンカイチン》ノ体系《タイケイ》、筋《スジ》ミチ立《タ》チテ在《ア》リ、アラワナル矛盾《ムジユン》モナシ、一応《イチオウ》ノ首肯《シユコウ》ニ価《アタイ》スレバ、我事《ワガコト》オワレリ、白扇《ハクセン》サットヒライテ、スネノ蚊《カ》、追《オ》イ払《ハラ》ウ。「ナルホド、ソレモ一理窟《ヒトリクツ》。」日本《ニッポン》、古来《コライ》ノコノ日常語《ニチジヨウゴ》ガ、スベテヲ語《カタ》リツクシテイル。首尾《シユビ》ノ一貫《イッカン》、秩序整然《チツジヨセイゼン》。ケサノコノ走《ハシ》リ書《ガキ》モマタ、純粋《ジユンスイ》ノ主観的《シユカンテキ》表白《ヒヨウハク》ニアラザルコトハ、皆様承知《ミナサマシヨウチ》。プンクト、ナドノ君《キミ》ノ気持《キモ》チト思《オモ》イ合《アワ》セヨ。急《キユウ》ニ書《カ》キタクナクナッタ。

スベテノ言《ゲン》、正《タダ》シク、スベテノ言《ゲン》、嘘《ウソ》デアル。所詮《シヨセン》ハ筏《イカダ》ノ上《ウエ》ノ組《ク》ンズホツレツデアル、ヨロメキ、ヨロメキ、君《キミ》モ、私《ワタシ》モ、ソレカラ、マタ、林《ハヤシ》氏、寝《ネ》ル間《マ》モ烈《ハゲ》シク一様《イチヨウ》ニ押《オ》シ流《ナガ》サレテ居《オ》ルヨウダ。流《ナガ》レ、澱《ヨド》ミテ淵《フチ》、怒《イカ》リテハ沸々《フツフツ》ノ瀬《セ》、懸《カカ》リテハ滝《タキ》、果《ハテ》ハ、ミナ一《イッ》。混《コン》トンノ海《ウミ》デアル。肉体《ニクタイ》ノ死亡《シボウ》デアル。キミノ仕事《シゴト》ノコルヤ、ワレノ仕事《シゴト》ノコルヤ。不滅《フメツ》ノ真理《シンリ》ハ微笑《ホホエ》ンデ教《オシ》エル、「一長一短《イッチヨウイッタン》。」ケサ、快晴《カイセイ》、ハネ起《オ》キテ、マコト、スパルタノ愛情《アイジヨウ》、君《キミ》ノ右頬《ミギホオ》ヲ二《フタ》ツ、マタ三《ミ》ツ、強《ツヨ》ク打《ウ》ツ。他意《タイ》ナシ。林房雄《ハヤシフサオ》トイウ名《ナ》ノ一陣涼風《イチジンリヨウフウ》ニソソノカサレ、浮《ウ》カレテナセル業《ワザ》ニスギズ。トリツク怒濤《ドトウ》、実《ジツ》ハ楽《タノ》シキ小波《サザナミ》、スベテ、コレ、ワガ命《イノチ》、シバラクモ生《イ》キ伸《ノ》ビテミタイ下心《シタゴコロ》ノ所為《シヨイ》、東《トウ》京《キョウ》ノオリンピック見《ミ》テカラ死《シ》ニタイ、読者《ドクシャ》ソウカト軽《カル》クウナズキ、深《フカ》キトガメダテ、シテハナラヌゾ。以上《イジョウ》。

山上の私語。

「おもしろく読みました。あと、あと、責任もてる？」

「はい。打倒のために書いたのでございませぬ。ごぞんじでしょうか。憤怒《ふんぬ》こそ愛の極点。」

「いかって、とくした人ないと古老のことばにもある。じたばた十年、二十年あがいて、古老のシンプリシティの網の中。ははははは。そうして、ふり仮名つけたのは？」

「はい。すこし、よすぎた文章ゆえ、わざと傷つけました。きざっぽく、どうしても子供の鎧《よろい》、金糸銀糸。足なが蜂《ばち》の目さめるような派手な縞模様《しまもよう》は、蜂の親切。とげある虫ゆえ、気を許すな。この腹の模様めがけて、撃て、撃て。すなわち動物学の警戒色。先輩、石坂氏への、せめて礼儀と確信ございます。」

われとわが作品へ、一言の説明、半句の弁解、作家にとっては致命の恥辱、文いたらず、*人いたらぬこと、深く責めて、他意なし、人をうらまず独《ひと》り、われ、厳酷の精進、これわが作家行動十年来の金科玉条、苦しみの底に在りし一夜も、ひそかにわれを慰め、しずかに微笑《ほほえ》ませたこと再三ならずございました。けれども、一夜、転輾《てんてん》、わが胸の奥底ふかく秘め置きし、かの、それでもやっと一つ残し得たかなしい自矜《じきょう》、若きいのち破るとも孤城、まもり抜きますとバイロン卿《きょう》に誓った掟《おきて》、苦しき手錠、重い鉄鎖、いま豁然《かつぜん》一笑、投げ捨てた。豚に真珠、豚に真珠、未来永劫《えいごう》、ほう、真珠だったのか、おれは嘲《あざけ》って、恥かしい、など素直にわが過失みとめての謝罪どころか、おれは先《せん》から知っていたねえ、このひと、ただの書生さんじゃないと見込んで、去年の夏、おれの畑のとうもろこし、七本ばっか呉《く》れてやったことがあります。まことは、二本。そのほか、処々の無智《むち》ゆえに情薄き評定の有様、手にとるが如《ごと》く、眼前に真しろき滝を見るよりも分明、知りつつもわれ、真珠の雨、のちのち、わがためのブランデス先生、おそらくは、わが死後、——いやだ！

　真珠の雨。無言の海容。すべて、これらのお慈悲、ひねこびた倒錯の愛情、無意識の女々しき復讐心《ふくしゅうしん》より発するものと知れ。つね日頃より貴族の出《しゅつ》を誇れる傲縦《ごうしょう》のマダム、*かの女の情夫のあられもない、一路物慾《ぶつよく》、マダムの丸い顔、望見するより早く、お金くれえ、お金くれえ、と一語は高く、一語は低く、日《ひ》毎《ごと》夜毎のお念仏。おのれの愛情の深さのほどに、多少、自負もっていたのが、破滅のもと、腕環《うでわ》投げ、頸飾《くびかざ》り投げ、五個の指環の散弾、みんなあげます、私は、どうなってもいいのだ、と流石《さすが》に涙あふれて、私をだますなら、きっと巧みにだまして下さい、完璧《かんぺき》にだまして下さい、私はもっともっとだまされたい、もっともっと苦しみたい、世界中の弱き女性の、私は苦悩の選手です、などすこし異様のことさえ口走り、それでも母の如きお慈悲の笑《え》顔《がお》わすれず、きゅっと抓《つま》んだしんこ細工のような小さい鼻の尖端《せんたん》、涙からまって唐辛《とうがら》子《し》のように真赤に燃え、絨毯《じゅうたん》のうえをのろのろ這《は》って歩いて、先刻マダムの投げ捨てたどっさり金銀かなめのもの、にやにや薄笑いしながら拾い集めて居る十八歳、寅《とら》の年生れの美丈夫、ふとマダムの顔を盗み見て、ものの美事《みごと》の唐辛子、少年、わあっと歓声、やあ、マダムの鼻は豚のちんちん。

*可愛《かわい》そうなマダム。いずれが真珠、いずれが豚、つくづく主客てんとうして、今は、やけくそ、お嫁入り当時の髪飾り、かの白痴にちかき情人の写真しのばせ在りしロケットさえも、バンドの金具のはて迄《まで》。すっからかん。与えるに、ものなき時は、安（とだけ書いて、ふと他のこと考えて、六十秒もかからなかった筈《はず》なれども、放心の夢さめてはっと原稿用紙に立ちかえり書きつづけようとしてはたと停とん、安という

この一字、いったい何を書こうとしていたのか、三つになったばかりの早春死んだ女児の、みめ麗《うる》わしく心もやさしく、釣糸嚙《か》み切って逃げたなまずは呑舟《どんしゅう》の魚くらいにも見えるとか、忘却の淵《ふち》に引きずり込まれた五、六行の言葉、たいへん重大のキイノオト。惜しくてならぬ。浮いて来い！　浮いて来い！　真実ならば浮いて来い！　だめだ。）

これでもか、これでもか、と豚に真珠の慈雨あたえる等の事は、右の頰ならば、左の頰をも、というかの神の子の言葉の具象化でない。人の子の愛慾独占の汚《きたな》い地獄絵、はっきり不正の心ゆえ、きょうよりのち、私、一粒の真珠をもおろそかに与えず、豚さん、これは真珠だよ、石ころや屋根の瓦《かわら》とは違うのだよ、と懇切ていねい、理解させずば止《や》まぬ工合いの、けちな啓蒙《けいもう》、指導の態度、もとより苦しき茨《いばら》の路《みち》、けれども、ここにこそ見るべき発芽、創生うごめく気配のあること、確信、ゆるがず。

きょうよりのちは堂々と自註《じちゆう》その一。不文の中《うち》、ところどころ片仮名のページ、これ、わが身の被告、審判の庭、霏々《ひひ》たる雪におおわれ純白の鶴《つる》の雛《ひな》一羽、やはり寒かろ、首筋ちぢめて童子の如く、甘えた語調、つぶらに澄める瞳《ひとみ》、神をも恐れず、一点いつわらぬ陳述の心ゆえに、一字一字、目なれず綴《つづ》りにくき煩瑣《はんさ》いとわず、かくは用いしものと知りたまえ。

「これは、あかい血、これは、くろい血。」ころされた蚊、一匹、一匹、はらのふとい死骸《しがい》を、枕頭《ちんとう》の「晩年」の表紙の上にならべて、家人が、うたう。盗汗《ねあせ》の洪水の中で、眼をさまして家人の、そのような芝居に顔をしかめる。「気のきいたふうの夕刊売り、やめろ。」夕刊売り。孝女白菊《しらぎく》。雪の日のしじみ売り、いそぐ俥《くるま》にたおされてえ。風鈴声《ふうりんごえ》。そのほかの、あざ笑いの言葉も、このごろは、なくなって、枕《まくら》もとの電気スタンドぼっと灯《とも》って居れば、あわれ五時まえ、消えて居れば、しめた五時半、ものも言わず蚊帳《かや》を脱けだし、兵古帯《へこおび》ひきずり、一路、お医者へ。お医者。五時半になれば、看護婦ひとり起きて、玄関わきの八つ手に水をかけたり、砂利道、掃いたり、片眼ねむって、おもい門を丁度その時ぎいとあけていたり、こんなもの、人間の気がしない。嘘《うそ》です。あなたの眠さ、あなたの笑い、あの昼日中、エプロンのかな糸のくず、みんな、そのまんまにもらってしまって、それゆえ、小説も書けないのです。おまえに限ったことではない、書け、書け、苦しさ判《わか》って居る、ほんとうか！　とおもわず大声たてて膝《ひざ》のむきかえたら、きみ、にやにや卑《いや》しく笑って遠のいた癖に、おれの苦しさ、わかるものかい。

あかい血、くろい血。これ、わかるか。家人を食った蚊の腹は、あかく透きとおり、私を食った蚊の腹は、くろく澱《よど》んで、白紙にこぼれて、かの毒物のにおいがする。「蚊も、まやくの血をのんでは、ふらふら。」というユウモラスな意味をふくんだ、あかい血、くろい血。おのれの、はじめの短篇集、「晩年」の中の活字のほかの活字は、読まず、それもこのごろは、つまらないつまらない、と言いだして、内容覗《のぞ》かず、それでも寝るときは忘れず枕《まくら》もとへ置いて寝て、病気見舞いのひとりの男、蚊帳のそとに立ってその様を見て立ったまま泣いて、鼻をかむ音で中の病人にそれとさとられてしまった一夜もある。

「一、起誓《きしょう》のこと。おそらく、生涯に、いちど、の、ことでしょう。今夜、一夜、だまって、（笑わずに）ほんとに、だまって、お医者へいって、あと一つ、たのんで来て下さい。たのみます。生涯に、このようなこと、二度とございませぬ。私を信じて、そうして、私も鬼でない以上、今夜のお前の寛大のためにだけでも、悪癖よさなければならぬ。以上、一言一句あやまちなし。この起誓の文章やぶらず、保存して置いて下さい。十年、二十年のちには、わが家の、否《いな》、日本の文学史にとっての、宝となります。年、月、日。

なお、お医者へは、小切手、明日、お金にかえて支払いますと言って下さい。明日、なんとかして、ほんとにお金こしらえるつもり。慚愧《ざんき》、うちに居ること不能ゆえ、海へ散歩にいって来ます。承知とならば、玄関の電燈《でんとう》ともして置いて下さい。」

家人は、薬品に嫉妬《しっと》していた。家人の実感に聞けば、二十年くらいまえに愛撫《あいぶ》されたことございます、と疑わず断定できるほどのものであった。とき折その可能を、ふと眼前に、千里韋駄天《いだてん》、万里の飛翔《ひしょう》、一瞬、あまりにもわが身にちかくひたと寄りそわれて仰天、不吉な程に大きな黒アゲハ、もしくは、なまあたたかき毛もの蝙蝠《こうもり》、つい鼻の先、ひらひら舞い狂い、かれ顔面蒼白《そうはく》、わなわなふるえて、はては失神せんばかりの烈《はげ》しき歔欷《きょき》。婆《ばあ》さん、しだいに慾が出て来て、あの薬さえなければ、とつくづく思い、一夜、あるじへ、わが下ごころ看破されぬようしみじみ相談持ち掛けたところ、あるじ、はね起きて、病床端坐《たんざ》、知らぬは彼のみ、太宰ならばこの辺で、襟掻《えりか》きなおして両眼とじ、おもむろに津軽なまり発したいところさ、など無礼の雑言《ぞうごん》、かの虚栄の巷《ちまた》の数百の喫茶店、酒の店、おでん支那《しな》そば、下っては、やきとり、うなぎの頭、焼《しょう》ちゅう、泡盛《あわもり》、どこかで誰か一人は必ず笑って居る、これは十目の見るところ、百聞、万犬《ばんけん》の実《じつ》、その夜も、かれは、きゅっと口一文字かたく結んで、腕組みのまま長考一番《ちょうこう》、やおら御異見開陳、言われるには、――おまえは、楯《たて》に両面あることを忘れてはいけません。金と銀と、二面あります。おまえは、この楯、ゴオルデンよ、と嘘の英語つかいながらも、おまえの見たままの実相あやまたず表現し得た。薬品の害については、おまえよりも私のほうが、よく知って居《お》ります。けれども、おまえは、その楯に、もう一面のあることを、知って置かなければなりません。その楯は、金であるし銀でもある。また、同様に、金でもなければ銀でもない。金と銀と、両面の楯であって、おまえは、楯の片面の金色を、どんなに強く主張してもいいわけだ。けれども、その主張の裏に銀の面の存在をもちゃんと認めて、そのうえの主張でなければならない。狡猾《こうかつ》の駈《か》け引《ひ》きの如くに思われるだろうが、かまわないのだ、それが正しいのだ。決して嘘いつわりの主張でもなければ、ごまかしの態度でもない。世の中、それでいいのだ。このような客観的の認識、自問自答の気の弱りの体験者をこそ、真に教養されたと言うてよいのだ。異国語の会話は、横浜の車夫、帝国ホテルの給仕人、船員、火夫に、――おい！　聞いて居るのか。はい、わたくし、急にあらたまるあなたの口調おかしくて、ふとんかぶってこらえてばかりいました。ああ、くるしい。家人のつつましい焰《ほのお》、清潔の満潮、さっと涼しく引いた様子で、私も内心ほっとしていた。それは残念でしたねえ、もういちど繰り返して教えてもいいんだが、――。家人、右の手のひらをひくい鼻の先に立てて片手拝みして、もうわかった。いつも同じ教材ゆえ、たいてい暗誦《あんしょう》して居ります。お酒を呑《の》めば血が出るし、この薬でもなかった日には、ぼくは、とうの昔に自殺している。でしょう？　私、答えて、うむ、わが論つたなくとも楯半面の真理。

このように巧《うま》い結末を告げるときもあれば、また、――おれが、どのように恥かしくて、この押入れの前に呆然《ぼうぜん》たちつくして居るか、穴あればはいりたき実感いまより一そう強烈の事態にたちいたらば、のこのこ押入れにはいろう魂胆、*そんなばかげた、いや、いや、それもある、けれども、その他にも何か、うむ、押入れには、おまえに見せたくない手紙か何かある故《ゆえ》、*そんな秘めたるいいことあるくらいなら、おれは、何を好んでこの狭小《きょうしょう》の家に日がな一日、ごろごろしていようぞ、そんなことじゃないのだ。おれはいま、眼のさきまっくろになって、しいんと地獄へ落ちてゆく身の上になってしまったのだ。おのれの意志では、みじんも動けぬ。うふふ、死骸じゃよ。底のない墜落、無間奈落《むけんならく》を知って居るか、加速度、加速度、流星と同じくらいのはやさで、落下しながらも、*少年は背丈《せたけ》のび、暗黒の洞穴《どうけつ》、どんどん落下しながら手さぐりの恋をして、落下の中途にて分娩《ぶんべん》、母乳、病い、老衰、いまわのきわの命、いっさい落下、死亡、不思議やかなしみの嗚咽《おえつ》、かすかに、いちどあれは鷗《かもめ》の声か。落下、落下、死体は腐敗、蛆虫《うじむし》も共に落下、骨、風化されて無、風のみ、雲のみ、落下、落下——。など、多少、いやしく調子づいたおしゃべりはじめて、千里の馬、とどまるところなき言葉の洪水、性来、富者万燈《まんどう》の御祭礼好む軽薄の者、とし甲斐《がい》もなく、夕食の茶碗《ちゃわん》、塗箸《ぬりばし》もて叩《たた》いて、われとわが饒舌《じょうぜつ》に、ま、狸《たぬき》ばやしとでも言おうか、えたい知れぬチャンチャンの音添えて、異様のはしゃぎかた、いいことないぞ、と流石《さすが》に不安、すこしずつ手綱《たづな》引きしめて、と思いたった、とたんにわが家の他人、「てれかくしたくさん。たいした苦心ね。(たのむ、お医者へ)と一言でよかったのにねえ。」

「おい、おい。おめえ、——」

「かんにん、かんにん。」

自分のちからでは、制止できぬ鬼、かなしいことには、制止できぬ泣きむし。めちゃめちゃめちゃ。「かんにんして、ね、声だけでも低く、ね。」

「おれのせいじゃないんだ。すべて神様のお思召《ぼしめし》さ。おれは、わるくないんだ。けれども、前世《ぜんせ》に亭主を叱《しか》る女か何か、ひどく汚《きたな》いものだったために、今その罰を受けているのだ。だまって耳をすませば、おれのその前世の女の、わめき声が、地の底の底から、ここまで聞えて来るような気がするのだ。愛は言葉だ。おれたち、弱く無能なのだから、言葉だけでもよくして見せよう。その他のこと、人をよろこばせてあげ得る何をおれたち持っているのか。口には言えぬが私は誠実でございます、か。牧野君から聞いたか？　どんづまりのどん底、おのれの誠実だけは疑わず、いたる所、生命かけての誠実ひれきし、訴えても、ただ、一路ルンペンの土管の生活にまで落ちてしまって、眼をぱちくり、三日三晩ねむらず考えてやっと判った。おのれの誠実うたがわず、主観的なる盲目の誇りが、あのいい人を土管の奥まで追いつめた。おのれ、一点みるべきものなし、日夜きょうきょうの厳酷こそは、まことの誠実。ああ、やっぱり、愛は言葉だ。おれは、友人の不名誉の病い慰めようと、一途《いちず》に、それのみ思いつめ、われからすすんで病気になった。けれども、そんなこと、みんなだめ。誰も信じて呉れぬのだ。同じころ、突如一友人にかなりの金額送って、酒か旅行に使いたまえ。今月の小使銭あまってしまったのです、と本心かきしたため御助力たのみに来るぞ、と思ったらしく、この推察は、のち、当の友人に聞いてたしかめて知ったことだが、友人それでも酒のんで遊んだそうだが、何だか不安で、愉快でなかった由《よし》にて、あれといい、これといい、その後ながいこと、友人たちの物笑いになっていた。その当の病気の友人さえ、おれの火の愛情を理解しては呉れなかった。無言の愛の表現など、いまだこの世に実証ゆるされていないのではないか。その光栄の失敗の五年の後、やはり私の一友人おなじ病いで入院していて、そのころのおれは、巧言令色の徳を信じていたので、一時間ほど、かの友人の背中さすって、尿器の世話、将来一点の微光をさえともしてやった。わが肉体いちぶいちりん動かさず、すべて言葉で、おかゆ一口一口、銀の匙《さじ》もて啜《すす》らせ、あつものに浮べる青い三つ葉すくって差しあげ、すべてこれ、わが寝そべって天井ながめながらの巧言令色、友人は、ありがとうと心からの謝辞、ただちにグルウプ間に美談として語りつがれて、うるさきことのみ多かった。それは、おまえも知っている筈。くやしいのだ。残念なのだ。おまえに聞かせる。いいか。ほんとうのことを、まさしくその通りに、美事に言い当てるものじゃないよ。わざとしくじる楽しさを知れ。キミガ美シキ失敗ヲ祝ス。ホントニ。ひとり恥ずかしく日夜悶悶《もんもん》、陽《ひ》のめも見得ぬ自責の痩狗《そうく》あす知れぬいのちを、太陽、さんと輝く野天劇場へわざわざ引っぱり出して神を恐れぬオオルマイティ、遅疑もなし、恥もなし、おのれひとりの趣味の杖《つえ》にて、わかきものの生涯の行路を指定す。かつは罰し、かつは賞し、雲の無軌道、このようなポオズだけの化け物、盗みも、この大人物の悪に較《くら》べて、さしつかえなし、殺人でさえ許されるいまの世、けれども、もっとも悪い、とうてい改悛《かいしゅん》の見込みなき白昼の大盗、十万百万証拠の紙幣を、つい鼻のさきに突きつけられてさえ、ほう、たくさんあるのう、奉納金かね？　党へ献上の資金かね？　わあっはっはっ、と無気味妖怪《ようかい》の高笑いのこして立ち去り、おそらくは、生れ落ちてこのかた、この検事局に於《お》ける大ポオズだけを練習して来たような老いぼれ、清水不住魚、と絹地にしたため、あわれこの潔癖、ばんざいだのうと陣笠《じんがさ》、むやみ矢鱈《やたら》に手を握り合って、うろつき歩き、ついには相抱《あいいだ》いて、涙さえ浮べ、ば、ばんざい！　笑い話じゃないぞ、おまえはこの陣笠を笑えない。この陣笠は、立派だ。理智《りち》や、打算や策略には、それこそ愛の魚メダカ一匹住み得ぬのだ。教えてやる。愛は、言葉だ。山内一豊《やまのうちかずとよ》氏の十両、ほしいと思わぬ。もいちど言う、言葉で表現できぬ愛情は、まことに深き愛でない。むずかしきこと、どこにも無い。むずかしいものは愛でない。盲目、戦闘、狂乱の中にこそより多くの真珠が見つかる。『私、――なんにも、――』そうして、しとやかにお辞儀して、それだけでも、かなりの思い伝え得るのだ。いまの世の人、やさしき一語に飢えて居る。ことにも異性のやさしき一語に。明朗完璧《かんぺき》の虚言に、いちど素直にだまされて了《しま》いたいものさね。このひそやかの祈願こそ、そのまま大悲大慈の帝王の祈りだ。もう眠っている。ごわごわした固い布地の黒色パンツひとつ、脚《あし》、海草の如《ごと》くゆらゆら、突如、かの石井漠《ばく》氏振附の海浜乱舞の少女のポオズ、こぶし振あげ、

＊両脚つよくひらいて、まさに大跳躍、そのような夢見ているらしく、蚊帳《かや》の中、蚊群襲来のうれいもなく、思うがままの大活躍。作家の妻、頭するどきこと見せてやろう、一言、口をはさんだのが失敗のもと、はっと気附いたときは、遅かった。散々の殴打《おうだ》。低く小さい、鼻よりも、上唇《うわくちびる》一、二センチ高く腫《は》れあがり、別段、＊お岩様を気にかけず、昨夜と同じに熟睡うまそう、寝顔つくづく見れば、まごうかたなき善人、ひるやかましき、これも仏性の愚妻の一人であった。

山＊上通信

太宰治

けさ、新聞にて、マラソン優勝と、芥川《あくたがわ》賞と、二つの記事、読んで、涙が出ました。孫という人の白い歯出して力んでいる顔を見て、この人の努力が、そのまま、肉体的にわかりました。それから、芥川賞の記事を読んで、これに就《つ》いても、ながいこと考えましたが、なんだか、はっきりせず、病床、腹這《はらば》いのまま、一文、したためます。

先日、佐藤先生よりハナシガアルカラスグコイという電報がございましたので、お伺い申しますと、お前の「晩年」という短篇集をみんなが芥川賞に推していて、私は照れくさく小田君など長い辛抱の精進に報いるのも悪くないと思ったので、一応おことわりして置いたが、お前ほしいか、というお話であった。私は、五、六分、考えてから、返事した。話に出たのなら、先生、不自然の恰好《かっこう》でなかったら、もらって下さい。この一年間、私は芥川賞のために、人に知られぬ被害を受けて居《お》ります。原稿かいて、雑誌社へ持って行っても、みんな、芥川賞もらってからのほうが、市価数倍せんことを胸算して、二カ月、三カ月、日和見《ひよりみ》、そのうちに芥川賞素通して、拙稿返送という憂目《うきめ》、再三ならずございました。記者諸君。芥川賞と言えば、必ず、私を思い浮べ、または、逆に、太宰と言えば、必ず、芥川賞を思い浮べる様子にて、悲惨のこと、再三ならずございました。これは私よりも、家人のほうがよく知って居ります。川端氏も私のこととなると、言葉のままに受けずに裏あるかの如《ごと》く用心深くなってしまう様子で、私にはなんの匕首《あいくち》もなく、かの人のパッション疑わず、遠くから微笑《ほほえ》みかけているのに、かなしく思うことございます。お気になさらず、もらって下さい、とお願いして、先生も、よし、それでは、不自然でなかったら言ってみます、ほかの多数の人からずいぶん強く推されて居るのだから、不自然のこともなかろう、との御言葉いただき、帰途、感慨、胸にあふれるものございました。それから、先生より、かくべつのお便《たよ》りもなく、万事、自然に話すすんで居ることとのみ考え、ちかき人々にも、ここだけの話と前置きして、よろこびわかち、家郷の長兄には、こんどこそ、お信じ下さい、と信じて下さるまい長兄のきびしさもどかしく思い、七日、借銭にてこの山奥の温泉に来《きた》り、なかば自炊、粗末の暮しはじめて、文字どおり着《き》た切《き》り雀《すずめ》、難症の病い必ずなおしてからでなければ必ず下山せず、人類最高の苦しみくぐり抜けて、わがまことの創生記、（それも、はじめは、照れくさくて、そうせい記と平仮名で書いていたのが、今朝、建国会の意気にて、大きく、創生記。）きっと書いてあげます、芥川賞受賞者とあれば、かまえて平俗の先生づら、承知、おとなしく、健康の文壇人になりましょう、と先生へおたより申し、よろしく御削除、御加筆の上、文芸賞もらった感想文として使って、など苦しいこともあり、これは、あとあとの、笑い話、いまは、切実のこと、わが宿の払い、家人に夏の着物、着換え一枚くらいは、引きだしてやりたく、（ああ、五百円もらうのと、ちがうなあ。）家賃、それから諸支払い、借銭利息、船橋の家に在る女房どうして居るか、ははは、オドチャには一銭もなし、いや、小使銭三十九銭、机の上にございます。いやだ。いやだ。こんな奴《やつ》が、「芥川賞楽屋噺《がくやばなし》」など、面白くない原稿かいて、実話雑誌や、菊池寛《ひろし》のところへ、持ち込み、殴《なぐ》られて、つまみ出されて、それでも、全部見抜いてしまってあるようなべっとり油くさいニヤニヤ笑いやめない汚いものになるのであろうと思いました。今から、また、また、二十人に余るご迷惑おかけして居る恩人たちへお詫《わ》びのお手紙、一方、あらたに借銭たのむ誠実吐露の長い文、もう、いやだ。勝手にしろ。誰でもよい、ここへお金を送って下さい、私は、肺病をなおしたいのだ。（群馬県谷川温泉金盛館。）ゆうべ、コップでお酒を呑《の》んだ。誰も知らない。

八月十一日。ま白き驟雨《しゅうう》。

尚《なお》、この四枚の拙稿、朝日新聞記者、杉山平助氏へ、正当の御配慮、おねがい申します。

右の感想、投函《とうかん》して、三日目に再び山へ舞いもどって来たのである。三日、のたうち廻り、今朝快晴、苦痛全く去って、日の光まぶしく、野天風呂《ぶろ》にひたって、谷底の四、五の民屋《みんおく》見おろし、このたび杉山平助氏、ただちに拙稿を御返送の労、素直にかれのこの正当の御配慮謝し、なお、私事、けさ未明、家人めずらしき吉報持参。山をのぼってやって来た。中外公論よりの百枚以上の小説かきたまえ、と命令、よき読者、杉山氏へのわが寛大の出来すぎた謝辞とを思い合せて、まこと健康の祝意示して、そっと微笑み、作家へ黙々握手の手、わずかに一市民の創生記、やや大いなる名誉の仕事与えられて、ほのぼのよみがえることの至極、フランク、穏当のことと存じます。

幾日か経《た》って、杉山平助氏が、まえの日ちらと読んだ「山上通信」の文章を、うろ覚えのままに、東京のみんなに教えて、中村地平君はじめ、井伏《いぶせ》さんのお耳まで汚し、一門、たいへん御心配にて、太宰のその一文にて、もしや、佐藤先生お困りのことあるまいかと、みなみな打ち寄りて相談、とにかく太宰を呼べ、と話まとまって散会、――のち、――荻窪《おぎくぼ》の夜、二年ぶりにて井伏さんのお宅、お庭には、むかしのままに夏草しげり、書斎の縁側にて象棋《しょうぎ》さしながらの会話。

「若《も》しや、先生へご迷惑かかったら、君、ねえ、――。」

「ええ、それは、――。けれども、先生、傷がつくにも、つけようございませぬ。山上通信は、私の狂躁《きょうそう》、凡夫尊俗の様などを表現しよう、他にこんたんございません。先生の愛情については、どんなことがあろうたって、疑いません。こんどの中外公論の小説なども、みんな、――」

「うん、まあ、――。」

「みんな、だまって居られても、ちゃんと、佐藤先生のお力なのです。」

「そうだ、そうだ。」

「忘れようたって、忘れないのだし、――」

「うん、うん、――」

だんだん象棋の話だけになっていった。

喝《かっ》采《さい》

手招きを受けたる童子
いそいそと壇にのぼりつ

「書きたくないことだけを、しのんで書き、困難と思われたる形式だけを、えらんで創《つく》り、デパートの紙包さげてぞろぞろ路《みち》ゆく小市民のモラルの一切を否定し、十九歳の春、わが名は海賊の王、チャイルド・ハロルド、清らなる一行の詩の作者、たそがれ、うなだれつつ街をよぎれば、家々の門口より、ほの白き乙女《おとめ》の影、走り寄りて桃金嬢《てんにんか》の冠を捧《ささ》ぐとか、真なるもの、美なるもの、兀鷹《はげたか》の怒、鳩《はと》の愛、四季を通じて五月の風、夕立ち、はれては青葉したたり、いずかたよりぞレモンの香、やさしき人のみ住むという、太陽の国、果樹の園、あこがれ求めて、梶《かじ》は釘《くぎ》づけ、ただまっしぐらの冒険旅行、わが身は、船長にして一等旅客、同時に老練の司厨長《しちゆうちよう》、嵐《あらし》よ来い。竜巻よ来い。弓矢、来い。氷山、来い。渦まく淵《ふち》を恐れず、暗礁《あんしよう》おそれず、誰ひとり知らぬ朝、出帆、さらば、ふるさと、わかれの言葉、いいも終らずたちまち坐礁《ざしよう》、不吉きわまる門出であった。新調のその船の名は、細胞文芸、井伏鱒二《いぶせますじ》、林房雄《はやしふさお》、久野《くの》豊彦《とよひこ》、崎山《さきやま》兄弟、舟橋聖一《ふなはしせいいち》、藤田郁義、井上幸次郎、その他数氏、未《いま》だほとんど無名にして、それぞれ、辻馬車《つじばしや》、鷲《わし》の巣《す》、十字街、青空、驢馬《ろば》、等々の同人雑誌の選手なりしを手紙で頼んで、小説の原稿もらい、地方に於《おい》ては堂堂の文芸雑誌、表紙三度刷、百頁《ページ》近きもの、六百部刷って創刊号、三十部くらい売れたであろうか。もすこし売りたく、二号には吉屋信子《よしやのぶこ》の原稿もらって、私、末代までの恥辱、逢《あ》う人、逢う人に笑われるなどの挿話《そうわ》まで残して、三号出し、損害かれこれ五百円、それでも三号雑誌と言われたくなくて、ただそれだけの理由でもって、むりやり四号印刷して、そのときの編輯後記《へんしゅうこうき》、『今迄《いままで》で、三回出したけれど、何時《いつ》だって得意な気持で出した覚えがないのである。罵倒号《ばとうごう》など、僕の死ぬ迄、思い出させては赤面させる代物《しろもの》らしいのである。どんな雑誌の編輯後記を見ても、大した気焔《きえん》なのが、羨《うらや》ましいとも感じて居る。僕は恥辱を忍んで言うのだけれど、なんの為《ため》に雑誌を作るのか実は判《わか》らぬのである。単なる売名的のものではなかろうか。それなら止《よ》した方がいいのではあるまいか。いつも僕はつらい思いをしている。こんなものを、——そんな感じがして閉口して居る。殆《ほとん》ど自分一人で何から何迄、やって来たのだが、それだけ余計に僕は此《こ》の雑誌にこだわって居る。此の雑誌を出してからは、僕は自分の所謂《いわゆる》素質というものに、とても不安を感じて来た。他人の悪口も言えなくなったし……。こんな意気地《いくじ》のない狡猾《こうかつ》な奴《やつ》になったのが、やたらに淋《さび》しく思われもするのだ。事毎《ことごと》にいい子に成りたがるからいけないのだ。編輯上にも色々変った計画があったのだが、気おくれがして一つもやれなかった。心にも無い、こんなじみなものにして了《しま》った。自分の小才《こさい》を押えて仕事をするのは苦しいもんであると僕は思う。事実とても苦しかった。』先夜ひそかに如上《じょじょう》の文章を読みかえしてみて、おのが思念の風貌《ふうぼう》、十春秋《じっしゅんじゅう》、ほとんど変っていないことを知るに及んで呆然《ぼうぜん》たり、いや、いや、十春秋一日の如《ごと》く変らぬわが眉間《みけん》の沈痛の色に、今更ながらうんざりしたのである。わが名は安易の敵、有頂天の小姑《こじゅうと》、あした死ぬる生命《いのち》、お金ある宵はすなわち富者万燈《まんどう》の祭礼、一朝めざむれば、天井の板、わが家のそれに非《あら》ず、あやしげの青い壁紙に大、小、星のかたちの銀紙ちらしたる三円天国、死んで死に切れぬ傷のいたみ、わが友、中村地平、かくのごとき朝、*ラジオ体操の音楽を聞き、声を放って泣いたそうな。シンデレラ姫の物語を考えついた人は、よっぽど、お話にもなにもならないほど、不仕合せな人なのだ。マッチ売の娘の物語を考えついた人もまた、煙草《たばこ》のみたいが叶《かな》わず、マッチ点火しては、焔《ほのお》をみつめ、ほそぼそ青い焔の尾をひいて消える、また点火、涙でぼやけてマッチの火、あるいは金殿玉楼くらいに見えたかも知れない。年一年とくらしが苦しく、わが絶望の書も、どうにも気はずかしく、夜半の友、モラルの否定も、いまは金縁看板の習性の如くにさえ見え、言いたくなき内容、困難の形式、十春秋、それをのみ繰りかえし繰りかえし、いまでは、どうやら、この露地が住み良く、たそがれの頃、翼を得て、ここかしこを意味なく飛翔《ひしょう》する、わが身は蝙蝠《こうもり》、ああ、いやらしき毛の生《は》えた鳥、歯のある蛾《が》、生きた蛙《かえる》を食うという、このごろこれら魔性怪性《ましようけしよう》のものを憎むことしきり、これらこそ安易の夢、無智《むち》の快楽、十年まえ、太陽の国、果樹の園をあこがれ求めて船出した十九の春の心にかえり、あたたかき真昼、さくらの花の吹雪《ふぶき》を求め、泥の海、蝙蝠の巣、船橋とやらの漁師まちより髭《ひげ》も剃《そ》らずに出て来た男、ゆるし給《たま》え。」痩軀《そうく》、一本の孟宗竹《もうそうちく》、蓬髪《ほうはつ》、ぼうぼうの鬚《ひげ》、血の気なき、白紙に似たる頰《ほお》、糸よりも細き十指、さらさら、竹の騒ぐが如き音たてて立ち、あわれや、その声、老鴉《ろうあ》の如くに嗄《しわが》れていた。

「紳士、ならびに、淑女諸君。私もまた、幸福クラブの誕生を、最もよろこぶ者のひとりでございます。わが名は、狭き門の番卒、困難の王、安楽のくらしをして居るときこそ、窓のそと、荒天の下の不仕合せをのみ見つめ、わが頰は、涙に濡《ぬ》れ、ほの暗きランプの灯にて、ひとり哀《かな》しき絶望の詩をつくり、おのれ苦しく、命のほどさえ危き夜には、薄き化粧、ズボンにプレス、頰には一筋、微笑の皺《しわ》、夕立ちはれて柳の糸しずかに垂《た》れたる下の、折目正しき軽装のひと、これが、この世の不幸の者、今宵《こよい》死ぬる命か、しかも、かれ、友を訪れて語るは、これ生のよろこび、青春の歌、間抜けの友は調子に乗り、レコオド持ち出し、こは乾杯の歌、勝利の歌、歌え歌わん、など騒々しきを、夜も更《ふ》けたり、またの日にこそ、と約した、またの日、ああ、香煙濛々《もうもう》の底、仏間の奥隅《おくすみ》、屏風《びょうぶ》の陰、白き四角の布切れの下、鼻孔には綿、いやはや、これは失礼いたしました。幸福クラブ誕生の日に、かかる不吉の物語、いや、あやまります、あやまります。さて、この暗黒の時に当り、毎月いちど、このご結構のサロンに集《つど》い、一人一題、世にも幸福の物語を囁《ささや》き交《か》わさんとの御趣旨、ちかごろ聞かぬ御卓見、私たのまれもせぬに御一同に代り、あらためて主催者側へお礼を申し、合せてこの会、以後休みなくひらかれますよう一心に希望して居ることを言い添え、それでは、私、御指命を拝し、今宵、第一番の語り手たる光栄を得させていただきます。（少し前置きが長すぎたぞ！　など、二、三、無遠慮の掛声あり。）私、ただいま、年に二つ、三つ、それも雑誌社のお許しを得て、一篇、十分くらいの時間があれば、たいてい読み切れるような、そうして、読後十分くらいで、きれいさっぱり忘れられてしまうような、たいへんあっさりした短篇小説、二つ、三つ、書かせていただき、年収、六十円、（まさか！　など、大笑の声あり、満場ざわめく。）ひと月平均いくらになりましょうか、（除名せよ！　と声高《こわだか》に叫ぶ青年あり。）お待ち下さい。すこし言いすぎました。おゆるし下さい。たいへんの失言でございました。取消させていただきます。幸福クラブ、誕生の第一の夕、しかし最初の話手が陰惨酷烈、とうてい正視できぬある種の生活断面を、ちらとでもお目にかけたとあっては、重大の問題、ゆゆしき責任を感じます。（点燈。）ありがたいことには、神様、今いちどだけ、私をおゆるし下さいました。たそがれ、部屋の四隅《よすみ》のくらがりに何やら蠢《うご》めき人の心も、死にたくなるころ、ぱっと灯がついて、もの皆がいきいきと、脊戸《せど》の小川に放たれた金魚の如く、よみがえるから不思議です。このシャンデリヤ、おそらく御当家の女中さんが、廊下で、スイッチをひねった結果、さっと光の洪水、私の失言も何も一切合切ひっくるめて押し流し、まるで異った国の樹陰《こかげ》でぽかっと眼をさましたような思いで居られるこの機を逃《のが》さず、素知らぬ顔をして話題をかえ、ひそかに冷汗拭《ぬぐ》うて思うことには、ああ、かのドアの陰いまだ相見ぬ当家のお女中さんこそ、わが命の親、（どっと哄笑《こうしょう》。）この笑いの波も灯のおかげ、どうやら順風の様子、一路平安を念じつつ綱を切ってするする出帆、題は、作家の友情について。（全く自信を取りかえしたものの如く、卓上、山と積まれたる水菓子、バナナ一本を取りあげるより早く頬ばり、ハンケチ出して指先を拭《ぬぐ》い口を拭い一瞬苦悶《くもん》、はっと気を取り直したる態《てい》にて、）私は、このバナナを食うたびごとに思い出す。三年まえ、私は中村地平という少し気のきいた男と、このべつまくなしに議論していて半年ほどをむだに費やしたことがございます。そのころ、かれは、二、三の創作を発表し、地平さん、地平さん、と呼ばれて、大いに仕合せであった。地平も、そのころ、おのれを仕合せとは思わず、何かと心労多かったことであったようだが、それより、三年たって、今日、精も根も使いはたして、洋服の中に腐りかけた泥がいっぱいだぶだぶたまって、ああ、夕立よ、ざっと降れ、銀座のまんなかであろうと、*二重橋ちかきお広場であろうと、ごめん蒙《こうむ》って素裸になり、石鹼《せっけん》ぬたくって夕立ちにこの身を洗わせたくてたまらぬ思いにこがれつつ、会社への忠義のため、炎天の下の一匹の蟻《あり》、わが足は蠅取飴《はえとりあめ》の地獄に落ちたが如くに、――いや、またしても除名の危機、おゆるし下さい、つまり、友人、中村地平が、そのような、きょうの日、ふと三年まえのことを思って、ああ、あのころはよかったな、といても立っても居られぬほどの貴き苦悶を、万々むりのおねがいなれども、できるだけ軽く諸君の念頭に置いてもらって、そうして、その地獄の日々より三年まえ、顔あわすより早く罵詈《ばり》雑言《ぞうごん》、はじめは、しかつめらしくプウシキンの怪談趣味について、ドオデエの通俗性について、さらに一転、斎藤実《まこと》と岡田啓介に就いて人物月旦《げったん》、再転しては、バナナは美味なりや、否《いな》や、三転しては、一女流作家の身の上について、さらに逆転、お互いの身なり風俗、殺したき憎しみもて左右にわかれて、あくる日は又、早朝より、めしを五杯たべて見苦しい。いや、そういう君の上品ぶりの古陋頑迷《ころうがんめい》、それから各々《おのおの》ひらき直って、いったい君の小説――云云《うんぬん》と、おたがいの腹の底のどこかしらで、ゆるせぬ反撥《はんぱつ》、しのびがたき敵意、あの小説は、なんだい、とてんから認めていなかったのだから、うまく折合う道理はなし、或《あ》る日、地平は、かれの家の裏庭に、かねて栽培のトマト、ことのほか赤く粒も大なるもの二十個あまり、風呂敷《ふろしき》に包めるを、わが玄関の式台に、どさんと投げつけるが如くに置いて、風呂敷かえしたまえ、ほかの家へ持って行く途中なのだが、重くていやだから、ここへ置いて行く、トマト、いやだろう、風呂敷かえせ、とてれくさがって不機嫌《ふきげん》になり、面伏せたまま、私の二階の部屋へ、どんどん足音たかくあがっていって、私も、すこしむっとなり、階段のぼる彼のうしろ姿に、ほかへ持って行くものを、ここへ置かずともいい、僕はトマト、好きじゃないんだ、こんなトマトなどにうつつを抜かしていやがるから、ろくな小説もできない、など有り合せの悪口を二つ三つ浴びせてやったが、地平おのれのぶざまに、身も世もなきほど恥じらい、その日は、将棋をしても、指角力《ゆびずもう》しても、すこぶるまごつき、全くなっていなかった。地平は、私と同じで、五尺七寸、しかも毛むくじゃらの男ゆえ、たいへん貧乏を恐れて、また大男に洗いざらしの浴衣《ゆかた》、無精鬚《ぶしょうひげ》に焼味噌《やきみそ》のさがりたる、この世に二つ無き無体裁と、ちゃんと心得て居るゆえ、それだけ、貧にはもろかった。そのころ地平、縞《しま》の派手な春服を新調して、部屋の中で、一度、私に着せて見せて、すぐ、おのが失態に気づいて、そそくさと脱ぎ捨てて、つんとすまして見せたが、かれ、この服を死ぬるほど着て歩きたく、けれども、こうして部屋の中でだけ着て、うろうろしているのには、理由があった。かれの吉祥寺《きちじようじ》の家は、実姉とその旦那《だんな》さんとふたりきりの住居で、かれがそこの日当りよすぎるくらいの離れ座敷八畳一間を占領し、かれに似ず、小さくそそたる実の姉様が、何かとかれの世話を焼き、よい小説家として美事《みごと》に花咲くよう、きらきら光るストオヴを設備し、また、部屋の温度のほどを知るために、寒暖計さえ柱に掛けられ、二十六歳のかれにとっては、姉のそのような心労ひとつひとつ、いやらしく、恥ずかしく私がたずねて行くと、五尺七寸の中村地平は、眼にもとまらぬ早業《はやわざ》でその寒暖計をかくすのだ。その頃生活派と呼ばれ、一様に三十歳を越して、奥様、子供、すでに一家のあるじ、そうして地味の小説を書いて、おとなしく一日一日を味《あじわ》いつつ生きて居る一群の作家があって、その謂《い》わば、生活派＊の作家のうちの二、三人が、地平の家のまわりに居住していた。もちろん、地平の先輩である。かれは、ときたま、からだをちぢめて、それら諸先輩に文学上の多くの不審を、子供のような曇りなき眼で、小説と記録とちがいますか？小説と日記とちがいますか？「創作」という言葉を、誰が、いつごろ用いたのでしょう、など傍《はた》の者の、はらはらするような、それでいて至極もっともの、昨夜、寝てから、暗闇《くらやみ》の中、じっと息をころして考えに考え抜いた揚句の果の質問らしく、誠実あふれ、いかにもして解き聞かせてもらいたげの態度なれば、先輩も面くらい、そこのところがわかればねえ、などと呟《つぶや》き、ひどく弱って、頭をかかえ、いよいよ腐って沈思黙考、地平は知らず、きょとんと部屋の窓の外、風に吹かれて頬かむり飛ばして女房に追わせる畑の中の百姓夫婦を眺《なが》めて居る。そのように、一種不思議のおくめんなき人柄を持っていた地平でも、流石《さすが》におのれ一人、縞の春服を着て歩けなかった。生活派の人たちにすまないと言うのである。私は、それについても、地平はだめだ、芸術家は、いつでも堂々としていたい、鼠《ねずみ》のように逃げぐち計りを捜しているのでは、将来の大成がむずかしい、僕もそのうち、支那服《しなふく》を着てみるつもりである、など、あ、そのころは、お互いが、まだまだ仕合せであったのだ。三年たって、私は、死ぬるよりほかに、全くもって、生きてゆく路《みち》がなくなった。昨年の春、えい、幸福クラブ、除名するなら、するがよい、熊《くま》の月の輪のような赤い傷跡をつけて、そうして、一年後のきょうも尚《なお》、一杯ビイル呑《の》んで、上気すれば、縄目《なわめ》が、ありあり浮んで来る、そのような死にそこないの友人のために、井伏鱒二氏、檀一雄《だんかずお》氏、それに地平も加えて三人、私の実兄を神田淡路町《あわじちょう》の宿屋に訪れ、もう一箇年、お金くださいと、たのんで呉《く》れた。その日、井伏さんと檀君と、ふたりさきに出掛けて、地平は、用事のために一足おくれて、その実兄の宿へ行く途中、荻窪《おぎくぼ》の私の家へほんの鳥渡《ちよつと》、立ち寄って、私の就職のことで二、三、打ち合せてから、井伏さんたちのあとを追って荻窪の駅へ、私も駅まで見送っていって、ふたり並んで歩くのだが、地平、女のようにぬかるみを細心に拾い拾いして歩くのだ。そのような大事のときでも、その緊張をほぐしたい私の悪癖が、そっと鎌首《かまくび》もたげて、ちらと地平の足もとを覗《のぞ》いて、やられた。停車場まで、きつく顔をそむけて、地平が、なにを言っても、ただ、うんうんとうなずいていた。地平は、わざわざ服を着かえて来て呉れた。縞の模様の派手な春服。地平のほうでは、そのまえに二、三度、泣いたすがたを私に見つけられたことがあって、それがまた、私の地平軽蔑《けいべつ》のたねになったのであるが、私はそのときはじめてのことなり、見せたくなくて、そのうちに両肩がぴくついて、眼先が見えなくなって、ひどくこまった。一年すぎて、私の生活が、またもや、そろそろ困って、二、三の人にめいわくかけて、昨夜、地平と或る会合の席上、思いがけなく顔を合せ、お互い少し弱って、不自然であった。私は、バット一本、ビイル一滴のめぬからだになってしまって、淋しいどころの話でなかった。地平はお酒を呑んで、泣いていた。私もお酒が呑めたら、泣くにきまっている。そのような、へんな気持で、いまは、地平のことのほかには、何一つ語れず書けぬ状態ゆえ、たまには、くつろぎ、おゆるし下さい。渡る世間に鬼がないという言葉がございますけれど、ほんとうだと思います。それに、このごろは、涙もろくなってしまって、どうしたのでしょう、地平のこと、佐藤さんのこと、佐藤さんの奥様のこと、井伏さんのこと、井伏さんの奥さんのこと、家人の叔父《おじ》、吉沢さんのこと、飛島さんのこと、檀君のこと、山岸外史《がいし》の愛情、順々にお知らせしようつもりでございましたが、私の話の長びくほど、後に控えた深刻力作氏のお邪魔になるだけのことゆえ、どこで切っても関《かま》わぬ物語、かりに喝采《かっさい》と標題をうって、ひとり、おのれの心境をいたわること、以上の如くでございます。」

二十世紀旗手

――（生れて、すみません。）

序唱　神の焔《ほのお》の苛烈《かれつ》を知れ

苦悩たかきが故《ゆえ》に尊からず。これでもか、*これでもか、生垣《いけがき》へだてたる立葵《たちあおい》の二株、おたがい、高い、高い、ときそって伸びて、伸びて、ひょろひょろ、いじけた花の二、三輪、*あかき色の華美を誇りし昔わすれ顔、黒くしなびた花弁の皺《しわ》もかなしく、「九天たかき神の園生《そのう》われは草鞋《わらじ》のままにてあがりこみ、たしかに神域犯したてまつりて、けれども恐れず、この手でただいま、御園《みその》の花を手折《たお》って来ました。それぱかりでは、ない。神の昼寝の美事《みごと》な寝顔までも、これ、この眼で、たしかに覗《のぞ》き見《み》してまいりましたぞ。」などと、旗取り競争第一着、駿足《しゅんそく》の少年にも似たる有頂天の姿には、いまだ愛くるしさも残りて在《あ》り、見物人も微笑、もしくは苦笑もて、ゆるしていたが、一夜、この子は、相手もあろに氷よりも冷い冷い三日月さまに惚《ほ》れられて、あやしく狂い、「神も私も五十歩百歩、大差ござらぬ。あの日、三伏《さんぷく》の炎熱、神もまたオリンピック模様の浴衣《ゆかた》いちまい、腕まくりのお姿でござった。」*聞くもの大笑せぬはなく、意外、望外の拍手、大喝采《だいかっさい》。ああ、*かの壇上の青黒き皮膚、瘦狗《そうく》そのままに、くちばし突出、身の丈《たけ》ひょろひょろと六尺にちかき、かたち老いたる童子、実は、れいの高い高いの立葵の精は、この満場の拍手、叫喚の怒濤《どとう》を、目に見、耳に聞き、この奇現象、すべて彼が道化役者そのままの、おかしの風貌《ふうぼう》ゆえとも気づかず、ぶくぶくの鼻うごめかして、いまは、まさしく狂喜、眼のいろ、いよいよ奇怪に燃え立ちて、「今《こ》宵七夕《よいたなばた》まつりに敢《あ》えて宣言、私こそ神である。九天たかく在《おわ》します神は、来る日も来る日も昼寝のみ、まったくの怠慢。私いちど、しのび足、かれの寝所に滑《すべ》り込んで神の冠、そっとこの大頭《おおあたま》へ載せてみたことさえございます。神罰なんぞ恐れんや。はっはっは。いっそ、その罰、拝見したいものではある！」予期の喝采、起らなかった。しんとなった。つづいてざわざわの潮ざい、「身のほど知らぬふざけた奴《やつ》。」「神さま、これこそ夢であるように。きゃっ！　この劇場には鼠《ねずみ》がいますね。」「賤民《せんみん》の増長傲慢《ごうまん》、これで充分との節度を知らぬ、いやしき性《さが》よ、ああ、あの貌《かお》、ふためと見られぬ雨《あま》蛙《がえる》。」一瞬、はっし！　なかば喪心の童子の鼻柱めがけて、石、投ぜられて、そのとき、そもそも、かれの不幸のはじめ、おのれの花の高さ誇らんプライドのみにて仕事するから、このような、痛い目に逢《あ》うのだ。芸術は、旗取り競争じゃないよ。それ、それ。汚《きたな》い。鼻血。見るがいい、君の一点の非なき短篇集「晩年」とやらの、冷酷、見るがいい。傑作のお手本、あかはだか苦しく、どうか蒲《がま》の穂敷きつめた暖き寝所つくって下さいね、と眠られぬ夜、蚊帳《かや》のそとに立って君へお願いして、寒いのであろう、二つ三つ大きいくしゃみ残して消え去った、とか、いうじゃないか。わが生涯の情熱すべてこの一巻に収め得たぞ、と、ほっと溜息《ためいき》もらすまも無し、罰だ、罰だ、神の罰か、市民の罰か、困難不運、愛憎転変、かの黄金の冠を誰知るまいとこっそりかぶって鏡にむかい、にっとひとりで笑っただけの罪、けれども神はゆるさなかった。君、神様は、天然の木枯しと同じくらいに、いやなものだよ。峻厳《しゅんげん》、執拗《しつよう》、わが首すじおさえては、ごぼごぼ沈めて水底這《は》わせ、人の子まさに溺死《できし》せんとの刹那《せつな》、すこし御手ゆるめ、そっと浮かせていただいて陽《ひ》の目うれしく、ほうと深い溜息、せめて、五年ぶりのこの陽を、なお念いりにおがみましょうと、両手合せた、とたん、首筋の御手のちから加わりて、また、また、五百何十回めかの沈下、泥中の亀《かめ》の子のお家来になりに沈んでゆきます。身を捨ててこそ浮ぶ瀬あるものでして、と苦労人の忠告、その忠告は、まちがっています。いちど沈めば、ぐうとそれきり沈みきりに沈んで、まさに、それっきりのぱあ、浮ぶお姿、ひとりでもあったなら、拝みたいものだよ。われより若き素直の友に、この世のまことの悪を教えんものと、坐《すわ》り直したときには、すでに、神の眼、ぴかと光りて御左手なるタイムウォッチ、そろそろ沈下の刻限を告げて、「ああ、また、また、五年は水の底、ふたたびお眼にかかれますかどうか。」神の胴間声《どうまごえ》、「用意！」「こいしくば、たずねきてみよ、みずの底、ああ、せめて、もう一言、あの、――」聞ゆるは、ただ、波の音のみにて。

壱唱　ふくろうの啼《な》く夜かたわの子うまれけり

さいさきよいぞ。いま、壱唱、としたためて、まさしく、奇蹟《きせき》あらわれました。ニッケル小型五銭だまくらいの豆スポット。朝日が、いまだあけ放たぬ雨戸の、釘穴《くぎあな》をくぐって、ちょうど、この、「壱唱」の壱の字へ、さっと光を投入したのだ。奇蹟だ、奇蹟だ、握手、ばんざい。ばからしく、あさまし、くだらぬ騒ぎやめて、神聖の仕事はじめよ。はいと答えて、みち問えば、女、唖《おし》なり、枯野原。問うだけ損だよ、めくらめっぽう、私はひとり行くのだと悪ふざけして居る間に、ゼラチンそろそろかたまって、何か一定の方向を指示して呉《く》れないものでもない、心もとなき杖《つえ》をたよりに、一人二役の掛け合いまんざい、孤立の身の上なれども仲間大勢のふりして、且《かつ》うたい、且かたり、むずかしき一篇のロマンスの周囲を、およそ百日のあいだ、ぬき足、さし足、カナリヤねらう黒き瞳《ひとみ》濡《ぬ》れたる小猫の様にて、そろりそろり、めぐりあるいて、およろこび下さい、ようやく昨夜、語る糸口見つけましたぞ、お茶を一ぱい飲んで、それから、ゆっくり。

お話のまえに、一こと、おことわりして置きたいこと、ほかではございませぬ、ここには、私すべてを出し切って居ませんよ、という、これはまた、おそろしく陳腐の言葉、けれどもこれは作者の親切、正覚坊《しょうがくぼう》の甲羅《こうら》ほどの氷のかけら、どんぶりこ、どんぶりこ、のどかに海上ながれて来ると、老練の船長すかさずさっと進路をかえて、危い、危い、突き当ったら沈没、氷山の水中にかくれてある部分は、そうですねえ、あのまんじゅう笠《がさ》くらいのものにしたところで、水の中の根は、河馬《かば》五匹の体積、充分にございます。きみもまた、まこと、われを知りたく思ったときには、わが家たずねてわれと一週間ともに起居して、眠るまも与えぬわがそよぐ舌の盛観にしたしく接し、そうして、太宰の能力、それも十分の一くらい、やっと、さぐり当てることができるのじゃないか、と此《こ》の言葉の、ほぼ正確なることを信じてよろしい。一語はっきるということは、すなわち、二、三千の言葉を逃がす冷酷むざんの損失を意味して居《お》ります。そうして、以上の、われにも似合わぬ、幼き強がりの言葉の数々、すべてこれ、わが肉体滅亡の予告であること信じてよろしい。二度とふたたびお逢《あ》いできぬだろう心もとなさ、謂《い》わば私のゴルゴタ、訳《と》けば髑髏《されこうべ》、ああ、この荒涼の心象風景への明確なる認定が言わせた老いの繰りごと。れいの、「いのち」の、もてあそびではない。すでに神の罰うけて、与えられたる暗たんの命数にしたがい、今さら誰を恨もう、すべては、おのれひとりの罪、この小説書きながらも、つくづくと生き、もて行くことのもの憂《う》く、まったくもって、笹《ささ》の葉の霜、いまは、せめて佳品の二、三も創《つく》りお世話になったやさしき人たちへの、わが分相応のささやかなお礼奉公、これぞ、かの、死出の晴着のつもり、夜々、ねむらず、心くだいて綴《つづ》り重ねし一篇のロマンス、よし、下品のできであろうと、もうそのときは私も知らない。罪、誕生の時刻に在り。

弐唱　段数漸減の法

だんだん下に落ちて行く。だんだん上に昇ったつもりで、得意満面、扇子をさっとひらいて悠々《ゆうゆう》涼を納めながらも、だんだん下に落ちて行く。五段落して、それから、さっと三段あげる。人みな同じ、五段おとされたこと忘れ果て、三段の進級、おめでとう、おめでとうと言い交《かわ》して、だらしない。十年ほど経《た》って一夜、おやおや？と不審、けれどもその時は、もうおそい。にがく笑って、これが世の中、と呟《つぶや》いて、きれいさっぱり諦《あきら》める。それこそは、世の中。

参唱　同行二人

巡礼しようと、なんど真剣に考えたか知れぬ。ひとり旅して、菅笠《すげがさ》には、同行二人と細くしたためて、私と、それからもう一人、道づれの、その、同行の相手は、姿見えぬ人、うなだれつつ、わが背後にしずかにつきしたがえるもの、水の精、嫋々《じょうじょう》の影、唇《くちびる》赤き少年か、鼠《ねずみ》いろの明石《あかし》着たる四十のマダムか、レモン石鹼《せっけん》にて全身の油を洗い流して清浄の、やわらかき乙女《おとめ》か、誰と指呼できぬながらも、やさしきもの、同行二人、わが身に病いさえなかったなら、とうの昔、よき音《ね》の鈴もちて曰《いわ》くありげの青年巡礼、かたちだけでも清らに澄まして、まず、誰さん、某さん、おいとま乞《ご》いにお宅の庭さきに立ちて、ちりりんと鈴の音にさえわが千万無量のかなしみこめて、庭に茂れる一木一草、これが今生《こんじょう》の見納め、断絶の思いくるしく、泣き泣き巡礼、秋風と共に旅立ち、いずれは旅の土に埋められるおのが果《はか》なきさだめ、手にとるように、ありありと、判《わか》って居《お》ります。そうして、そのうちに、私は、どうやら、おぼつかなき恋をした。名は言われぬ。恋をした素ぶりさえ見せられぬ、くるしく、――口くさっても言われぬ、――不義。もう一言だけ、告白する。私は、巡礼志願の、それから後に恋したのではないのだ。わが胸のおもい、消したくて、消したくて、巡礼思いついたにすぎないのです。私の欲していたもの、全世界ではなかった。百年の名声でもなかった。タンポポの花一輪の信頼が欲《ほ》しくて、チサの葉いちまいのなぐさめが欲しくて、一生を棒に振った。

四唱　信じて下さい

東郷平八郎の母上は、わが子の枕《まくら》もと歩かなかった。この子は、将来きっと百千の人のかしらに立つ人ゆえ、かならず無礼あってはならぬと、わが子ながらも尊敬、つつしみ、つつつしみ、奉仕した。けれども、わが家の事情は、ちがっていた。七ツ、八ツのころより私ずいぶんわびしく、客間では毎夜、祖母をかしらに、母、それから親《しん》戚《せき》のもの二、三ちらほら、夏と冬には休暇の兄や姉、ときどき私の陰口たたいて、私が客間のまえの廊下とおったときに、「いまから、あんなにできるのは、中学、大学へはいってから急に成績落ちるものゆえ、あまり褒《ほ》めないほうがよろしい。」など、すぐ上の兄のふんべつ臭き言葉、ちらと小耳にはさんで、おのれ！　親兄弟みんなたばになって、七ツのおれをいじめている、とひがんで了《しま》って、その頃から、家族の客間の会議をきらって、もっぱら台所の石の炉縁に親しみ、冬は、馬鈴薯《ばれいしょ》を炉の灰に埋めて焼いて、四、五の作男と一緒にたべた。一日わが孤立の姿、黙視し兼ねてか、ひとりの老婢《ろうひ》、わが肩に手を置き、へんな文句を教えて呉《く》れた。曰《いわ》く、見どころがあって、稽古《けいこ》がきびしすぎ。

不眠症は、そのころから、芽ばえていたように覚えています。私のすぐ上の姉は、私と仲がよかった。私、小学四、五年のころ、姉は女学校、夏と冬と、年に二回の休暇にて帰省のとき、姉の友人、萱野《かやの》さんという眼鏡かけて小柄、中肉の女学生が、よく姉につれられて、遊びに来ました。色白くふっくりふくれた丸ぽちゃの顔、おとがい二重、まつげ長くて、眠っているときの他《ほか》には、いつもくるくるお道化《どけ》ものらしく微笑《ほほえ》んでいる真黒い目、眼鏡とってぱしぱし瞬《また》きながら嗅《か》ぐようにして雑誌を読んでいる顔、熊《くま》の子のように無心に見えて、愛くるしく思いました。私より三つも年上だったのに。

もっとさきから、お目にかからぬさきから、私は、あなたのお名前知っていた。姉からの手紙には、こんなことが書かれていました。「梅組の組長さん、萱野アキさん、おまえがこうしてグミや、ほしもち、季節季節わすれず送ってよこすのを、ほめていました。やさしい弟さんを持って、仕合せね、とうらやんでいます。おまえの手紙の中の津軽なまり、仮名ちがいなかったなら、姉は、もっともっとたくさんのお友達に威張れるのに、ねえ、――」

あなたはあの頃、画家になるのだと言って、たいへん精巧のカメラを持っていて、ふるさとの夏の野道を歩きながら、パチリパチリだまって写真とる対象物、それが不思議に、私の見つけた景色と同一、そっくりそのまま、北国の夏は、南国の初秋、まつかに震えて杉の根株にまつわりついている一列の蔦《つた》の葉に、私がちらと流し眼くれた、とたんに、パチリとあなたのカメラのまばたきの音。私は、そのたびごとに小さい溜息吐《ためいきつ》かなければならなかった。けれども一日、うらめしい思いに泣かされたことございました。そのころも、いまも、私やっぱり一村童、大正十年、カメラ珍らしく、カメラ納めた黒革《くろかわ》の胴乱《どうらん》、もじもじ恥じらいつつも、ぼくに持たせて、とたのんで肩にかつがせてもらって、青い浴衣《ゆかた》に赤い絞り染めの兵古帯《へこおび》すがたのあなたのお供、その日、樹蔭《こかげ》でそっとネガのプレートあけて見て、そこには、ただ一色の乳白、首ふって不満顔、知らぬふりしてもとの鞘《さや》におさめていたのに、その夜の現像室は、阿鼻叫喚《あびきょうかん》、種板みごとに黒一色、無智《むち》の犯人たちまちばれて、その日より以後、あなたは私に、胴乱もたせては呉れなかった。わが既往の失敗とがめず、もいちど信じてだまって持たせて呉れたなら、私いのち投げてもプレート守ったにちがいない。また、あの頃に、かくれんぼ、あなたは鬼、みんな隠れてしまうのを待つ間ひとり西洋間のソファに埋まり、つまらなそうに雑誌読んでいたゆえ、同じように、かくれんぼつまらない思いの私、かくれなければならぬ番の当の私、ところもあろうに、あなたのソファのかげに*かくれた。いいよう、と遠く弟の声して、あなたは雑誌もったまま立っていって捜しに出かけた。知っている？　わすれているだろうな。すぐに、みんな捜し出されて、ぞろぞろ西洋間へひきあげて、「おさむさんは、まだだよ。」

「いいえ。そのソファのかげにいます。」

　私はソファのかげからあらわれた。あなたは、知っている？　冷くつぶやいた。

「だって、あたしは鬼だもの。」

　二十年、私は鬼を忘れない。先日、浅田夫人恋の三段飛という見出しの新聞記事を読みました。あなたは、二科の新人。*有田教授の、――いや、いうまい。思えば、あのころ、十六歳の夏から、あなたの眉間《みけん》に、きょうの不幸を予言する不吉の皺《しわ》がございました。「お金持ちの人ほど、お金にあこがれるのね。お金かせいでこさえたことがないから、お金、とうとく、こわいのね。」あなたのお言葉、わすれていませぬ。公言ゆるせ。萱野さん、あなたは私の兄に恋していました。

　先夜、あの新聞の記事読んで、あなたの淋《さび》しさ思って三時間ほど、ひとりで蚊帳《かや》の中で泣いたものだ。一策なし、一計*なし、純粋に、君のくるしみに、涙ながした。一銭の報酬いらぬ。その晩、あなたに、強くなってもらいたく、あなたの純潔信じて居るものの在ることお知らせしたく、あなたに自信もって生きてもらいたくて、ただ、それだけの理由で、おたよりしようと、インク瓶《びん》のキルクのくち抜いて、つまずいた。*福田蘭童《らんどう》、あの人、こんな手紙、女のひとへ幾枚も、幾枚も、書いたのだ。寸分《すんぶん》ちがわぬ愛の手紙を。

五唱　嘘《うそ》つきと言われるほどの律儀者《りちぎもの》

まちを歩けば、あれ嘘つきが来た。夕焼あかき雁《がん》の腹雲、両手、着物のやつくちに不精者らしくつっこみ、おのおの固き乳房《ちぶさ》をそっとおさえて、土蔵の白壁によりかかって立ちならんで居る一群の、それも十四、五、六の娘たち、たがいに目まぜ、こっくり首肯《うなず》き、くすぐったげに首筋ちぢめて、くつくつ笑う、その笑われるほどの嘘つき、この世の正直者ときわまった。今朝、ふるさとの新聞にて、なんとか家《や》なる料亭、けしからぬ宿を兼ねて、それも歌舞伎《かぶき》のすっぽん真似《まね》てボタンひとつ押せば、電気仕掛け、するすると大型ベッド出現の由《よし》、読みながら噴《ふ》き出した。あきらかに善人、女将あるいはギャング映画の影響うけて、やがて、わが悪の華、ひそかに実現はかつたのではないのか、そんな大型の証拠、つきつけられては、ばからしきくらいに絶体絶命、一言も弁解できないじゃないか、ばかだなあ、田舎《いなか》の悪人は、愛嬌《あいきょう》あって、たのもしいね。まこと本場の悪人は、不思議や、生き神、生き仏、良心あって、しっかりもの。しかも裏の事実は一人の例外なしに、堂々、不正の天才、おしゃかさんでさえ、これら大人物に対しては旗色わるく、縁《えん》なき衆生《しゅじょう》と陰口きいた。

六唱　ワンと言えなら、ワンと言います

「前略。手紙で失礼ですがお願いいたします。本社発行の『秘中の秘』十月号に現代学生気質《かたぎ》ともいうべき学生々活の内容を面白い読物にして、世の遊学させている父兄達に、なるほどと思わせるようなものを載せたいと思うのです。で、代表的な学校、(帝大、早稲田、慶応、目白女子大学、東京女子医専など)をえらび、毎月連載したいと思います。ついては、先《ま》ず来月は帝大の巻にしたいと思いますが、貴方《あなた》様にお願いできないかと思うのです。四百字詰原稿十五枚前後、内容はリアルに面白くお願いしたいと存じます。締切は、かならず、厳守して頂きたいと存じます。甚《はなは》だ手紙で失

礼ですが、ぜひ御承諾下さって御執筆のほど懇願いたします。『秘中の秘』編輯部《へんしゆうぶ》。」

「ははあ、蝙蝠《こうもり》は、あれは、むかし鳥獣合戦の日に、あちこち裏切って、ずいぶん得して、のち、仕組みがばれて、昼日中は、義理がわるくて外出できず、日没とともに、こそこそ出歩き、それでもやはりはにかんで、ずいぶん荒《すさ》んだ飛びかたしている。そう、そう、忘れていました、たしかに、それに、ちがいない、いや、あなたのことではございませせぬ。私内心うち明けて申しましょう。実は、どうも、わが身、きたなき蝙蝠と、そんなに変らぬ思いがして、どうにも、こうにも、閉口しているのです。生きて行くためには、パンよりも、さきに、葡萄酒《ぶどうしゆ》が要《い》る。三日ごはん食べずに平気、そのかわり、あの、握りの部分にトカゲの顔を飾りつけたる八円のステッキ買いたい。失恋自殺の気持ちが、このごろになってやっと判《わか》ってまいりました。花束を持って歩くことと、それから、この、失恋自殺と、二つながら、中学校、高等学校、大学まで、思うさえ脊《せ》すじに冷水はしるほど、気恥ずかしき行為と考えていましたところ、このごろは、白き花一輪にさえほっと救いを感じ、わが、こいこがれる胸の思いに、気も遠くなり、世界がしんとなって、砂が音なく崩《くず》れるように私の命も消えてゆきそうで、どうにも窮して居《お》ります。からだのやり場がございません。私は、荒んだ遊びを覚えました。そうして、金につまった。いまも、ふと、蚊帳《かや》の中の蚊を追い、わびしさ、ふるさとの吹雪《ふぶき》と同じくらいに猛烈、数十丈の深さの古井戸に、ひとり墜落、呼べども叫べども、誰の耳にもとどかぬ焦慮、青苔《あおごけ》ぬらぬら、聞ゆるはわが木霊《こだま》のみ、うつろの笑い、手がかりなきかと、なま爪《づめ》はげて血だるまの努力、かかる悲惨の孤独地獄、お金がほしくてならないのです。ワンと言えなら、ワン、と言います。どんなにでも面白く書きますから、一枚五円の割でお金下さい。五円、もとより、いちどだけ。このつぎには、五十銭でも五銭でも、お言葉にしたがいますゆえ、何卒《なにとぞ》、いちど、たのみます。五円の稿料いただいても、けっしてご損おかけせぬ態《てい》の自信ございます。拙稿きっと、支払ったお金の額だけ働いて呉《く》れることと存じます。四日、深夜。太宰治。」

「拝復。四日深夜附貴翰拝誦《きかんはいしょう》。稿料の件は御希望には副《そ》えませんが原稿は直ちに御執りかかり下さる様お願い申します。普通稿料一円です。先ずは御返事まで。匆々《そうそう》。『秘中の秘』編輯部。」

「お葉書拝読。四日深夜、を、ことさらに引用して、少し意地がわるい。全文のかげにて、ぷんぷんお怒りの御様子。私、おのれ一個のプライドゆえに五円をお願いしたわけではなかったのです。わが身ひとつのための貪慾《どんよく》に非《あら》ず、名知らぬ寒しき人に投げ与えんため、または、かのよき人よろこばせんための金銭の必要。けれども、いまは、詮《せん》なし。急に小声で、――それでは、書かせていただきます。太宰治。」

七唱　わが日わが夢

――東京帝国大学内部、秘中の秘。――

（内容三十枚。全文省略《カット》。）

八唱　憤怒《ふんぬ》は愛慾《あいよく》の至高の形貌《けいぼう》にして、云々《うんぬん》

「ちょっと旅行していました留守に原稿やら、度々《たびたび》の来信に接して、失礼しました。が、原稿は相当ひどい原稿ですね。あれでは幾らひいき目に見ても使えません。書き直して貰《もら》っても駄目かと思います。貴兄にとってはあれが力作かも知れませんが、当方ではあれでは迷惑ですし、あれで原稿料を要求されても困ると思います。いずれ、貴兄に機会があればお詫《わ》びするとして取敢《とりあ》えず原稿を御返却いたします。匆々《そうそう》。『秘中の秘』編輯部《へんしゆうぶ》。」

月のない闇黒《あんこく》の一夜、湖心の波、ひたひたと舟の横腹を舐《な》めて、深さ、さあ五百ひろはねえずらよ、とかこの子の無心の答えに打たれ、われと、それから女、凝然の恐怖、地獄の底の細き呼び声さえ、聞えて来るような心地《ここち》、死ぬることさえ忘却し果てた、あの夜の寒い北風が、この一葉のハガキの隅《すみ》からひょうひょう吹きすさびて、これだから家へかえりたくないのだ、三界《さんがい》に家なき荒涼の心もてあまして、ふらふら外出、電車の線路ふみ越えて、野原を行き、田圃《たんぼ》を行き、やがて、私のまだ見ぬ美しき町へ行きついた。

行くところなき思いの夜は、三十八度の体温を、アスピリンにて三十七度二、三分までさげて、停車場へ行き、三、四十銭の切符を買い、どこか知らぬ名の町まで、ふらと出かけて、そうして、そこの薄暗き盛り場のろのろ歩いて、路《みち》のかたわら、唐突の一本の松の枝ぶり立ちどまって見あげなどして、それから、ふところの本を売って、活動写真館へはいる。入口の風鈴の音わすれ難く、小用はたしながら、窓外の縁日、カアバイド燈《とう》のまわりの浴衣《ゆかた》着たる人の群ながめて、ああ、みんな生きている、と思って涙が出て、けれども、「泣かされました」など、つまらぬことだ、市民は、その生活の最頂点の感激を表現するのに、涙にかきくれたる様を告白して、人もおのれも深く首肯《うなず》き、おお、お、かなしかろ、と底の底まで、割り切れたる態《てい》にて落ちついているが、それでは、私は、どうする。一日一ぱい、人に知られず、くやし泣きに泣いてばかりいる、この私は、どうする。その日も、私は、市川の駅へふらと下車して、兄いもうと、という活動写真を見もてゆくにしたがい、そろそろ自身狼狽《ろうばい》、歯くいしばっても歔欷《きょき》の声、そのうちに大声出そうで、出そうで、小屋からまろび出て、思いのたけ泣いて泣いて泣いてから考えた。弱い、踏みにじられたる、いまさら恨み言えた義理じゃない人の忍びに忍んで、こらえにこらえて、足げにされたる塵芥《ちりあくた》、腐った女の、いまわのきわの一すじの、神への抗議、おもんの憤怒が、私を泣かせた、ここを忘れてはならない、人の子、その生涯に、三たび、まことに憤怒することあるべし、とモオゼの呟《つぶや》き。

どのような人でも、生きて在る限りは、立派に尊敬、要求すべきである。生あるもの、すべて世の中になくてかなわぬ重要の歯車、人を非難し、その人の尊さ、かれのわびしさ、理解できぬとあれば、作家、みごとに失格である。この世に無用の長物ひとつもなし。*蘭童《らんどう》あるが故《ゆえ》に、一女優のひとすじの愛あらわれ、菊池寛《ひろし》の海容の人情讃《たた》えられ、または蘭童かかりつけの××の閨房《けいぼう》に御夫人感謝のつつましき白い花咲いた。

——お葉書、拝見いたしましたが、ぼくの原稿、どうしても、——だめですか？

——ええ。だめですねえ。これ、ほかの人書いて下さった原稿ですが、こんなのがいいのです。リアルに、統計的に、とにかく、あなたの原稿、もういちど、読んでみて下さい。そうして、考えて下さい。

——ぼく、もとから、へたな作家なんだ。くやし泣きに、泣いて書くより他《ほか》に、てを知らなかった。

——失恋自殺は、どうなりました。

——電車賃かして下さい。

——…………。

——あてにして来たので、一銭もないのです。うちへかえればございます。すぐお返しできます。一円でも、二円でも。

——市内に友人ないのか。

――赤羽《あかばね》におじさん居《お》ります。

――そんなら歩いてかえりたまえ。なんだい、君、すぐそこじゃないか。お濠《ほり》をぐるっとめぐって、参謀本部のとこから、日比谷へ出て、それから新橋駅へ出て、赤羽は、その裏じゃないか。

――そうですか、――じゃ、――ありがとう。

――や、しっけい。また、あそびに来たまえ。そのうち、何か、うめ合せしよう、ね。

やっぱり怒れず、そのまま炎天の都塵《とじん》、三度も、四度も、めまいして、自動車にひかれたく思って、どんどん道路横断、三里のみちを歩きながら、思うことには、人間すべて善玉だ。豪雨の一夜、郊外の泥道、這《は》うようにして荻窪《おぎくぼ》の郵便局へたどりついて一刻争う電報たのんだところ、いまはすでに時間外、規定の時を七分すぎて居ります。料金倍額いただきましょう。私はたと困惑、濡《ぬ》れ鼠《ねずみ》のすがたのまま、思い設けぬこの恥辱のために満身かっかっとほてって、蚊のなくが如《ごと》き声して、いま所持のお金きっちり三十銭、私の不注意でございました。なんとか助けて下さい、と懇願しても、その三十歳くらいの黄色い歯の出た瘦《や》せこけた老婆《ろうば》、ろくろく返事もなく、規則は規則ですからねえ、と呟いて、そろばんぱちぱち、あまりのことに私は言葉を失い、しょんぼり辞去いたしましたが、篠《しの》つく雨の中、こんなばかげたことがあろうか、まごうかたなき悪玉、私うまれてこのかた二十八年、あとにもさきにも、かの女事務員ひとり、他は、すべて、私と同じくらいの無心の善人でございました。いまのあの編輯人の無礼も、かれの全然無警戒のしからしめた外貌《がいぼう》にすぎない。作家というものは、なんでもわかって、こちとらの苦しみすべて呑《の》みこんでいるのだ、怒り給《たま》うことなし、ときめてしまって甘えて居る。可愛《かわい》さあまって憎さが百倍とは、このことであろうか、などと一文の金もなき謂《い》わば賤民《せんみん》、人相よく、ひとりで呟いてひとりで微笑《ほほえ》んでいた。私は、この世の愚昧《ぐまい》の民を愛する。

九唱　ナタアリヤさん、キスしましょう

その翌、翌日、まえの日の賤民《せんみん》とはちがって、これは又、帝国ホテルの食堂、本麻の蚊がすり、ろの袴《はかま》、白足袋《しろたび》の、まごうかたなき、太宰治。ふといロイド眼鏡かけて、ことし流行とやらのオリンピックブルウのドレス着ている浅田夫人、幼な名は、萱野《かやの》さん。ふたり涼しげに談笑しながら食事していた。きのう、私、さいごの手段、相手もあろうに、萱野さんから、二百円、いや、拾円紙幣二十枚お借りした。資生堂二階

のボックスでお逢《あ》いして、私が二百円と言いもおわらぬうちに、三度も四度もあわてて首肯《うなず》き、さっと他の話にさらっていった。二時間のち、同じところで二十枚のばいきんだらけのくしゃくしゃ汚《きたな》き紙片、できるだけむぞうさに手交《しゅこう》して、宅のサラリイ前借りしたのよ、と小さく笑った萱野さんの、にっくき嘘《うそ》、そんな端々にまで、私の燃ゆる瞳《ひとみ》の火を消そうと警戒の伏線、私はそれを悲しく思った。その夜、花の都、ネオンの森とやらの、その樹樹《きぎ》のまわりを、くぐり抜け、すり抜け、むなしくぐるぐる駈《か》けずりまわった。使えないのだ。どうしても、そのお金を使えないのだ。奴婢《ぬひ》の愛。女中部屋の縁《へり》のない赤ちゃけた畳、びんつけ油のにおい、竹の行李《こうり》の底から恥かしき三徳《さんとく》出して、一枚、二枚とくしゃくしゃの紙幣、わが目前にならべられて与えられたような気がして、夜明けと共に、電話した。思いがけぬ大金ころがりこんで、お金お返しできますから、と事務的の口調で言って、場所は、帝国ホテル、と附け加えた。華麗豪壮の、せめて、おわかれの場を創《つく》りあげたかった。

その日、快晴、談笑の数刻の後、私はお金をとり出し、昨夜の二十枚よりは、新しい、別な二十枚であることを言外に匂《にお》わせながら、しかも昨夜この女から受けとったままに、うちの三枚の片隅《かたすみ》に赤インキのシミあったことに、はっと気づいて、もうおそい、萱野さん気づかぬように、気づかぬように、人知れぬ深い祈り、ミレエの晩鐘におとらず深き、人生の幕の陰の祈り。

「萱野さん、かぞえて下さい。きちんとして置こうよ。気まずさも、一時の気まずさも、生きて行くために、どうしても必要なことなのだから。」言葉のままに、わかる女だ。こちらの気持ちを、そのまま正確にキャッチ、やや口ひきしめて首肯《うなず》き、おぼつかなき風の手つきで、かぞえた。十七枚。ふと首かしげて、*とっさに了解。薔薇《ばら》は蘇生《そせい》した。ゆっくり真紅含羞《がんしゅう》の顔をあげて、私の、ずるい、平気な笑顔を見つけて、小娘のような無染の溜息《ためいき》、それでも、「むずかしいのねえ、ありがとう。」とかしこい一言、小声でいうのを忘れなかった。そうして、わかれた。一万五千円の学費つかって、学問して、そうして、おぼえたものは、ふたり、同じ烈《はげ》しき片思いのまま、やはりこのまま、わかれよ、という、味気ない礼儀、*むざんの作法。ああ、まこと、憤怒《ふんぬ》は、愛慾《あいよく》の至高の形貌《けいぼう》にして、云々《うんぬん》。

十唱　あたしも苦しゅうございます

おい、襖《ふすま》あけるときには、気をつけてお呉《く》れ、いつ何時、敷居にふらっと立って居るか知れないから、と某日、笑いながら家人に言いつけたところ、家人、何も言わず、私の顔をつくづく見つめて、あきらかにかれ、発狂せんほどの大打撃、口きけぬほどの恐怖、唇《くちびる》までまっしろになって、一尺、二尺、坐《すわ》ったままで後ずさりして、ついには隣りの六畳まで落ちのびて、はじめて人ごこち取りかえした様子、声を出さずに慟《どう》哭《こく》はじめた。家人の緊張は、その日より今にいたるまで、なかなか解止せず、いつの間にやら衣紋竹《えもんだけ》を全廃していた。なるほどな、とそのときはじめて気づいたことだが、かの衣紋竹にぞろっと着物かかって居るかたちは、そっくり、あの姿そのままでございました。そのほかにも、かれ、蚊帳《かや》吊《つ》るため部屋の四隅《よすみ》に打ちこまれてある三寸くぎ抜かばやと、もともと四尺八寸の小女、高所の釘《くぎ》と脊《せ》のびしながらの悪戦苦闘、ちらと拝見したこともございました。*

いま庭の草むしっている家人の姿を、われ籐椅子《とういす》に寝ころんだまま見つめて、純白のホオムドレス、いよいよ看護婦に似て来たな、と可哀《かわい》そうに思っています。わが家の悪癖、かならず亭主が早死《はやじに》して、一時は、曾祖母《そうそぼ》、祖母、母、叔母《おば》、と四人の後家さんそろって居ました。わけても叔母は、二人の亭主を失った。

終唱　そうして、このごろ

芸術、もともと賑《にぎ》やかな、華美の祭礼。プウシュキンもとより論を待たず、芭蕉《ばしよう》、トルストイ、ジッド、みんなすぐれたジャアナリスト、釣舟の中に在《あ》っては、われのみ簑《みの》を着《ちやく》して船頭ならびに爾余《じよ》の者とは自らかたち分明の心得わすれぬ八十歳ちかき青年、×× 翁《おう》の救われぬ臭癖見たか、けれども、あれでよいのだ。芸術、もとこれ、不倫の申しわけ、——余談は、さて置き、萱野《かやの》さんとは、それっきりなの？　ああ、どのようなロマンスにも、神を恐れぬ低劣の結末が、宿命的に要求される。悪かしこい読者は、はじめ五、六行読んで、そっと、結末の一行を覗《のぞ》き読みして、ああ、まずいまずいと大あくび。よろしい、それでは一つ、しんじつ未曾有《みぞう》、雲散霧消の結末つくって、おまえのくさった腹綿を煮えくりかえさせてあげるから。

そうして、それから、——私たちは諦《あきら》めなかった。帝国ホテルの黄色い真昼、卓をへだてて立ちあがり、濁りなき眼で、つくづく相手の瞳《ひとみ》を見合った。強くなれ、なれ。烈風、衣服はおろか、骨も千切れよ、と私たち二人の身のまわりを吹き荒《すさ》ぶ思い、見ゆるは、おたがいの青いマスク、ほかは万丈の黄塵《こうじん》に呑《の》まれて一物もなし。この暴風に抗して、よろめきよろめき、卓を押しのけ、手を握り、腕を摑《つか》み、胴を抱いた。抱き合った。二十世紀の旗手どのは、まず、行為をさきにする。健全の思念は、そのあとから、ぞろぞろついて来て呉《く》れる。尼になるお光よりは、お染を、お七を、お舟を愛する。まず、試みよ。声の大なる言葉のほうが、「真理」に化す。ばか、と言われた時には、その二倍、三倍の大声で、ばか、と言い返せよ。論より証拠、私たちの結婚を妨げる何物もなかった。

「これが、おまえとの結婚ロマンス。すこし色艶《いろつや》つけて書いてみたが、もし不服あったら、その個所だけ特別に訂正してあげてもいい。」

かの白衣の妻が答えた。

「これは、私ではございませぬ。」にこりともせず、きっぱり頭を横に振った。「こんなひと、いないわ。こんな、ありもしない影武者つかって、なんとかして、ごまかそうとしているのね。どうしても、あのおかたのことは、お書きになれないお苦しさ、判《わか》るけれど、他にも苦しい女、ございます。」

だから、はじめから、ことわってある。名は言われぬ、恋をした素ぶりさえ見せられぬ、くるしく、——口くさっても言われぬ、——不義、と。

ああ、あざむけ、あざむけ。ひとたびあざむけば、君、死ぬるとも告白、ざんげしてはいけない。胸の秘密、絶対ひみつのまま、狡智《こうち》の極致、誰にも打ちあけずに、そのまま息を静かにひきとれ。やがて冥途《めいど》とやらへ行って、いや、そこでもだまって微笑《ほほえ》むのみ、誰にも言うな。あざむけ、あざむけ、巧みにあざむけ、神より上手《じょうず》にあざむけ、あざむけ。

もののみごとにだまされ給《たま》え。人、七度の七十倍ほどだまされてからでなければ、まことの愛の微光をさぐり当て得ぬ。嘘《うそ》、わが身に快く、充分に美しく、たのしく、しずかに差し出された美事《みごと》のデッシュ、果実山盛り、だまって受けとり、たのしみ給え。世の中、すこしでも賑やかなほうがいいのだ。知っているだろう？　田舎《いなか》芝居、菜の花畑に鏡立て、よしずで囲った楽屋の太夫《たゆう》に、十円の御祝儀《ごしゅうぎ》、こころみに差し出せば、たちまち表の花道に墨くろぐろと貼《は》り出されて曰《いわ》く、一金壱千円也《なり》、書生様より。景気を創《つく》る。はからずも、わが国古来の文学精神、ここにいた。

あの言葉、この言葉、三十にちかき雑記帳それぞれにくしゃくしゃ満載、みんな君への楽しきお土産《みやげ》、けれども非運、関税のべら棒に高くて、あたら無数の宝物、お役所の、青ペンキで塗りつぶされたるトタン屋根の倉庫へ、どさんとほうり込まれて、ぴしゃんと錠をおろされて、それっきり、以来、十箇月、桜の花吹雪《はなふぶき》より藪蚊《やぶか》を経て、しおから蜻蛉《とんぼ》、紅葉も散り、ひとびと黒いマント着て巷《ちまた》をうろつく師走《しわす》にいたり、やっと金策成って、それも、三十にちかき荷物のうち、もっとも安直の、ものの数ならぬ小さい小さいバスケット一箇だけ、きらきら光る真鍮《しんちゅう》の、南京錠《ナンキンじょう》ぴちっとあけて、さて皆様の目のまえに飛び出したものは、おや、おや、これは慮外、百千の思念の小《こ》蟹《がに》、あるじあわてふためき、あれを追い、これを追い、一行書いては破り、一語書きかけては破り、しだいに悲しく、たそがれの部屋の隅《すみ》にてペン握りしめたまんま、めそめそ泣いていたという。

HUMAN LOST

思いは、ひとつ、窓前花。

十三日。*なし。

十四日。なし。

十五日。かくまで深き、

十六日。なし。

十七日。なし。

十八日。*ものかいて扇ひき裂くなごり哉《かな》

ふたみにわかれ

十九日。

十月十三日より、板橋《いたばし》区のとある病院にいる。来て、三日間、歯ぎしりして泣いてばかりいた。銅貨のふくしゅうだ。ここは、気ちがい病院なのだ。となりの部屋の若《わか》旦那《だんな》は、ふすまをあけたら、浴衣《ゆかた》がかかっていて、どうも工合いがわるかった、など言って、みんな私よりからだが丈夫で、大河内《おおこうち》昇とか、星武太郎などの重すぎる名を有し、帝大、立大を卒業して、*しかし帝王の如《ごと》く尊厳の風貌《ふうぼう》をしている。惜しいことには、諸氏ひとしく自らの身の丈《たけ》よりも五寸ほどずつ恐縮していた。母を殴《なぐ》った人たちである。

四日目、私は遊説《ゆうぜい》に出た。鉄格子《てつごうし》と、金網と、それから、重い扉、開閉のたびごとに、がちん、がちん、と鍵《かぎ》の音。寝ずの番の看守、うろ、うろ、うろ。この人間倉庫の中の、二十余名の患者すべてに、私のからだを投げ捨てて、話かけた。まるまると白く太った美男の、肩を力一杯ゆすってやって、なまけもの！　と罵《ののし》った。眼のさめて在《あ》る限り、枕頭《ちんとう》の商法の教科書を百人一首を読むような、あんなふしをつけて大声で読みわめきつづけている一受験狂に、勉強やめよ、試験全廃だ、と教えてやったら、一瞬ぱっと愁眉《しゅうび》をひらいた。うしろ姿のおせん様というあだ名の、セル着たる二十五歳の一青年、日がな一日、部屋の隅《すみ》、壁にむかってしょんぼり横坐《よこずわ》りに居崩《いくず》れて坐って、だしぬけに私に頭を殴られても、僕はたった二十五歳だ、捨てろ、捨てろ、と低く呟《つぶや》きつづけるばかりで私の顔を見ようとさえせぬ故《ゆえ》、こんどは私、めそめそするな、と叱《しか》って、力いっぱいうしろから抱いてやって激しくせきにむせかえったら、青年いささか得意げに、放せ、放せ、肺病がうつると軽蔑《けいべつ》して、私は有難くて泣いてしまった。元気を出せ。みんな、青草原をほしがっていた。私は、部屋へかえって、「花をかえせ。」という帝王の呟きに似た調子の張った詩を書いて、廻診しに来た若い一医師にお見せして、しんみに話合った。午睡という題の、「人間は人間のとおりに生きて行くものだ。」という詩を書いてみせて、ふたりとも、顔を赤くして笑った。五六百万人のひとたちが、五六百万回、六七十年つづけて囁《ささや》き合っている言葉、「気の持ち様。」というこのなぐさめを信じよう。僕は、きょうから涙、一滴、見せないつもりだ。ここに七夜あそんだならば、少しは人が変ります。豚箱などは、のどかであった。越中《えっちゅう》富山の万金丹《まんきんたん》でも、熊《くま》の胃でも、三光丸でも五光丸でも、ぐっと奥歯に噛《か》みしめて苦いが男、微笑、うたを唄《うた》えよ。私の私のスイートピイちゃん。

あら、

あたし、

いけない

女？

ほらふきだとさ、

わかっているわよ。

虹《にじ》よりも、

それから、

しんきろうよりも、きれいなんだけれど。

いけない？

一週間、私は誰とも逢《あ》っていません。面会、禁じられて、私は、投げられた様に寝ているが、けれども、これは熱のせいで、いじめられたからではない。みんな私を好いている。Iさん、一生にいちどのたのみだ、はいって呉《く》れ、と手をつかぬばかりにたのんで下さって、ありがとう。私は、どうしてこんなに、情が深くなったのだろう。K*でも、Yでも、Hさんでも、Dはうろうろ、Yのばか、善四郎*ののろま、Y子さん。逢いたくて、逢いたくて、のたうちまわっているんだよ。先生夫婦と、K*さん夫婦と、

Fさん夫婦、無理矢理つれて、浅虫《あさむし》へ行こうか、われは軍師さ、途中の山々の景色眺《なが》めて、おれは、なんにも要《い》らない。乃公《だいこう》いでずんば、蒼生《そうせい》をいかんせん、さ。三十八度の熱を、きみ、たのむ、あざむけ。プウシュキンは三十六で死んでも、オネエギンをのこした。不能の文字なし、とナポレオンの歯ぎしり。けれども仕事は、神聖の机で行え。そうして、花を、立ちはだかって、きっぱりと要求しよう。立て。権威の表現に努めよ。おれは、いま、目の見えなくなるまで、おまえを愛している。

「日没の唄《うた》。」

蟬《せみ》は、やがて死ぬる午後に気づいた。ああ、私たち、もっと仕合せになってよかったのだ。もっと遊んで、かまわなかったのだ。いと、せめて、われに許せよ、花の中のねむり*だけでも。ああ、花をかえせ！（私は、目が見えなくなるまでおまえを愛した。）ミルクを、草原を、雲、――（とっぷり暮れても嘆くまい。私は、――なくした。）

「一行あけて。」

あとは、なぐるだけだ。

「花一輪。」

サインを消せ
みんなみんなの合作だ
おまえのもの
私のもの
みんなが
心配して心配して
　やっと咲かせた花一輪
ひとりじめは

ひどい

どれどれ
わしに貸してごらん
やっぱり
じいさん
ひとりじめの机の上
いいんだよ
さきを歩く人は
白いひげの
　羊飼いのじいさんに
きまっているのだ
みんなのもの
サインを消そう
みなさん
みなさん
おつかれさん

　犬馬の労
骨を折って
　やっと咲かせた花一輪
やや
お礼わすれた
声をそろえて
ありがとう、よ、ありがとう！
　（聞えたかな？）

二十日。
この五、六年、きみたち千人、私は、ひとり。

二十一日。
罰。

二十二日。

死ねと教えし君の眼わすれず。

二十三日。

「*妻をののしる文。」

私が君を、どのように、いたわったか、君は識《し》っているか。どのように、いたわったか。どのように、賢明にかばってやったか。お金を欲《ほ》しがったのは、誰であったか。私は、筋子に味《あじ》の素《もと》の雪きらきら降らせ、納豆に、青のり、と、からし、添えて在れば、他《ほか》には何も不足なかった。人を悪《あ》しざまにののしったのは、誰であったか。閨《ねや》の審判を、どんなにきびしく排撃しても、しすぎることはない、と、とうとう私に確信させてしまったほどの功労者は、誰であったか。*無智《むち》の洗濯女《せんたくおんな》よ。妻は、職業でない。妻は、事務でない。ただ、すがれよ、頼《たよ》れよ、わが腕の枕《まくら》の細きが故《ゆえ》か、猫の子一匹、いのち委《ゆだ》ねては眠って呉れぬ。まことの愛の有様は、たとえば、みゆき、朝顔日記、めくらめっぽう雨の中、ふしつ、まろびつ、あと追うてゆく狂乱の姿である。君ひとりの、ごていしゅだ。自信を以《もっ》て、愛して下さい。

一豊《かずとよ》の妻など、いやなこった。だまって、百円のへそくり出されたとて、こちらは、いやな気がするだけだ。なんにも要らない。はい、と素直な返事だけでも、してお呉れ。すみません、と軽い口調で一言そっと、おわびをなさい。君は、無智だ。歴史を知らぬ。芸術の花うかびたる小川の流れの起伏を知らない。陋屋《ろうおく》の半坪の台所で、ちくわの夕食に馴《な》れたる盲目の鼠《ねずみ》だ。君には、ひとりの良人《おっと》を愛することさえできなかった。かつて君には、一葉の恋文さえ書けなかった。恥じるがいい。女体の不言実行の愛とは、何を意味するか。ああ、君のぼろを見とどけてしまった私の眼を、私自身でくじり取ろうとした痛苦の夜々を、知っているか。

人には、それぞれ天職というものが与えられています。君は、私を嘘《うそ》つきだと言った。もっと、はっきり言ってごらん。君こそ私をあざむいている。私は、いったい、どんな嘘をついたというのだ。そうして、もっと重大なことには、その具体的の結果が、どうなったか。記録的にお知らせ願いたいのだ。

人を、いのちも心も君に一任したひとりの人間を、あざむき、脳病院にぶちこみ、しかも完全に十日間、一葉の消息だに無く、一輪の花、一個の梨《なし》の投入をさえ試みない。君は、いったい、誰の嫁さんなんだい。武士の妻。よしやがれ！　ただ、T家よ*りの銅銭の仕送りに小心よくよく、或《あ》いは左、或いは右。真実、なんの権威もない。

信じないのか、妻の特権を。

含羞《がんしゅう》は、誰でも心得ています。けれども、一切に眼をつぶって、ひと思いに飛び込むところに真実の行為があるのです。できぬとならば、「薄情。」受けよ、これこそは君の冠。

人、おのおの天職あり。十坪の庭にトマトを植え、ちくわを食いて、洗濯に専念するも、これ天職、われとわがはらわたを破り、わが袖《そで》、炎々の焔《ほのお》あげつつあるも、われは嵐《あらし》にさからって、王者、肩そびやかしてすすまなければならぬ、さだめを負うて生れた。大礼服着たる衣紋竹《えもんだけ》、すでに枯木、刺さば、あ、と一声の叫びも無く、そのままに、かさと倒れ、失せん。空なる花。ゆるせよ、私はすすまなければいけないのだ。母の胸ひからびて、*われを抱き入れることなし。上へ、上へ、と逃《のが》れゆくこそ、われのさだめ。断絶、この苦、君にはわからぬ。

投げ捨てよ、私を。とわに遠のけ！「テニスコートがあって、看護婦さんとあそんで、ゆっくり御静養できますわよ。」と悪婆《あくば》の囁《ささや》き。われは、君のそのいたわりの胸を、ありがたく思っていました。見よ、あくる日、運動場に出《い》ずれば、蒼《あお》き鬼、黒い熊、さながら地獄、ここは、かの、どんぞこの、脳病院に非《あら》ずや。我もまた、一囚人、「ひとり！」と鍵《かぎ》の束《たば》持てるポマアドの悪臭たかき一看守に背押されて、昨夜あこがれ見しテニスコートに降り立ちぬ。

銅貨のふくしゅう。*……の暗躍。ただ、ただ、レッド・テエプにすぎざる責任、規約の槍玉《やりだま》にあげられた鼻のまるいキリスト。「温度表を見て下さい。二十日以降、注射一本、求めていません。私にも、責任の一半を持たせて下さい。注射しなければぁいいんでしょう?」「いいえ、保証人から全快までは、と厳格にたのまれてあります。」ただ、飼い放ち在るだけでは、金魚も月余の命、保たず。いつわりでよし、プライドを、自由を、青草原を!

*尚《なお》、ここに名を録すにも価《あたい》せぬ……のその閨に於《お》ける鼻たかだかの手柄話に就《つ》いては、私、一笑し去りて、余《よ》は、われより年若き、骨たくましきものに、世界歴史はじまりて、このかた、一筋に高く潔《いさぎよ》く直く燃えつぎたるこの光栄の炬火《たいまつ》を手渡す。心すべきは、きみ、ロヴェスピエルが瞳《ひとみ》のみ。

二十四日。　なし。

二十五日。

「金魚も、ただ飼い放ち在るだけでは、月余の命、保たず。」（その一。）

われより若きものへ自信つけさせたく、走り書き。断片の語なれども、私は、狂っていません。

社会制裁の目茶目茶は医師のはんらんと、小市民の医師の良心に対する盲目的信仰より起った。たしかに重大の一因である。ヴェルレエヌ氏の施療《せりょう》病院に於ける最後の詩句、「医者をののしる歌。」を読み、思わず哄笑《こうしょう》した五年まえのおのれを恥じる。厳粛の意味で、医師の瞳の奥をさぐれ！

私営脳病院のトリック。*

一、この病棟《びょうとう》、患者十五名ほどの中、三分の二は、ふつうの人格者だ。他人の財をかすめる者、又、かすめんとする者、ひとりもなかった。人を信じすぎて、ぶちこまれた。

一、医師は、決して退院の日を教えぬ。確言せぬのだ。底知れず、言を左右にする。

一、新入院の者ある時には、必ず、二階の見はらしよき一室に寝かせ、電球もあかるきものとつけかえ、そうして、附き添って来た家族の者を、やや、安心させて、あくる日、院長、二階は未《ま》だ許可とってないから、と下の陰気な十五名ほどの患者と同じの病棟へ投じる。

一、ちくおんき慰安。私は、はじめの日、腹から感謝して泣いてしまった。新入の患者あるごとに、ちくおんき、*高田浩吉《こうきち》、はじめる如《ごと》し。

一、事務所のほうからは、決して保証人へ来いと電話せぬ。むこうのきびしく、さいそくせぬうちは、*永遠に黙している。たいてい、二年、三年放し飼い。みんな、出ること許り《ばか》考えている。

一、外部との通信、全部没収。

一、見舞い絶対に謝絶、若《も》しくは時間定めて看守立ち合い。

一、その他、たくさんある。思い出し次第、書きつづける。忘れねばこそ、思い出さずそろ、か。(この日、退院の約束、断腸のことどもあり。自動車の音、三十も、四十も、はては、飛行機の爆音、牛車、自転車の*きしりにさえ胸やぶれる思い。)

「出してくれ!」「やかまし!」どしんのもの音ありて、秋の日あえなく暮れんとす。

二十六日。

「金魚も、ただ飼い放ち在るだけでは、月余の命、保たず。」（その二。）

昨日、約束の迎え来《きた》らず。ありがとう。けさ、おもむろに鉛筆執った。愛している、という。けれども、小市民四十歳の者は、われらを愛する術《すべ》を知っていない。愛し得ぬのだ。金魚へ「ふ」だ。愛していないと、言い切り得る。*

夫を失いし或《あ》る妻の呟《つぶや》き、「夜のつらさは、ごまかせるけれども、夜あけが――。」あかつきばかり憂《う》きものはなし、とは眠いうらみを述べているのではない。くらきうち眼さえて、かならず断腸のこと、正確に在り。大西郷《だいさいごう》は、眼さむるとともに、ふとん蹴《け》ってはね起きてしまったという。菊池寛《ひろし》は、午前三時でも、四時でも、やはり、はね起き、而《しこう》して必ず早すぎる朝食を喫するという。すべて、みな、この憂さに沈むことの害毒を人一倍知れる心弱くやさしき者の自衛手段と解して大過なかるべし。*われ、事に於いて後悔せず、との菊池氏の金看板の楯《たて》の弱さにも、ふと気づいて、地上の王者へ、無言で一杯のミルクささげてやって呉《く》れる決意ついたら、それが、また、君のからだの一歩前進なること疑う勿《なか》れ。

営利目的の病院ゆえ、あらゆる手段にて患者の退院をはばむが、これ、院主、院長、医師、看護婦、看守のはてまで、おのおの天職なりと、きびしく固く信じている様子である。悪の数々、目おおえども、耳ふさげども、壁のすきま、鉄格子《てつごうし》の窓、四方八方よりひそひそ忍びいる様、春の風の如く、むしろ快し。院主*（出資者）の訓辞、かの説教強盗のそれより、少し声やさしく、温顔なるのみ。内容、もとより、底知れぬトリックの沼。しかも直接に、人のいのちを奪うトリック。病院では、死骸《しがい》など、飼い犬死にたるよりも、さわがず、思わず、噂《うわさ》せず。壁塗り左官のかけ梯子《ばしご》より落ちしものの左腕の肉、煮て食いし話、一看守の語るところ、信ずべきふし在り。再び、かの、ひらひらの金魚を思う。

「人権」なる言葉を思い出す。ここの患者すべて、人の資格はがれ落されている。

　われら生き伸びてゆくには、二つの途《みち》のみ。脱走、足袋《たび》はだしのまま、雨中、追われつつ、一汁一菜、半畳の居室与えられ、犬馬の労、誓言して、巷《ちまた》の塵《ちり》の底に沈むか、若しくは、とても金魚として短きいのち終らんと、ごろり寝ころび、いとせめて、油多き「ふ」を食い、鱗《うろこ》の輝き増したるを紙より薄き人の口の端《は》にのぼせられて、ぺちゃぺちゃほめられ、数分後は、けろりと忘れられ、笑われ、冷き血のまま往生とげんか。あとは、自らくびれて、甲斐《かい》なき命絶ち、四、五日、人の心の片端、ひやとさせるもよからん。すべて皆、人のための手本。われの享楽《きょうらく》のための一夜もなかった。

私は、享楽のために売春婦かったこと一夜もなし。母を求めに行ったのだ。乳房《ちぶさ》を求めに行ったのだ。葡萄《ぶどう》の一かご、書籍、絵画、その他のお土産《みやげ》もっていっても、たいてい私は軽んぜられた。わが一夜の行為、うたがわしくば、君、みずから行きて問え。私は、住所も名前も、いつわりしことなし。恥ずべきこととも思わねば。

私は享楽のために、一本の注射打ちたることなし。心身ともにへたばって、なお、家の鞭《むち》の音を背後に聞き、ふるいたちて、強精ざい、すなわち用いて、愚妻よ、われ、どのような苦労の仕事し了《お》せたか、おまえにはわからなかった。食わぬ、しし、食ったふりして、しし食ったむくいを受ける。

その人と、面とむかって言えないことは、かげでも言うな。私は、この律法を守って、脳病院にぶちこまれた。求めもせぬに、私に、とめどなき告白したる十数人の男女、三つき経《た》ちて、必ず私を悪《あ》しざまに、それも陰口、言いちらした。いままでお世辞たらたら、厠《かわや》に立ちし後姿見えずなるやいな、ちえっ！　と悪魔の嘲笑《ちょうしょう》。私は、この鬼を、殴《なぐ》り殺した。

私の辞書に軽視の文字なかった。

作品のかげの、私の固き戒律、知るや君。*否《いな》、その激しさの、高さの、ほどを！

私は、私の作品の中の人物に、なり切ったほうがむしろ、よかった。ぐうたらの漁色家。

私は、*「おめん！」のかけごえのみ盛大の、里見、島崎などの姓名によりて代表せられる老作家たちの剣術先生的硬直を避けた。キリストの卑屈を得たく修業した。

聖書一巻によりて、日本の文学史は、かつてなき程の鮮明さをもて、はっきりと二分されている。マタイ伝二十八章、読み終えるのに、三年かかった。マルコ、ルカ、ヨハネ、ああ、ヨハネ伝の翼を得るは、いつの日か。

「苦しくとも、少し我慢なさい。悪いようには、しないから。」四十*歳の人の言葉。母よ、兄よ。私たちこそ、私たちのあがきこそ、まこと、いつわらざる「我慢下さい。悪いようにはしないから。」の切々、無言の愛情より発していること、知らなければいけない。一時の恥を、しのんで下さい。十度の恥を、しのんで下さい。もう、三年のいのち、保っていて下さい。われらこそ、光の子に、なり得る、しかも、すべて、あなたへの愛のため。

その時には、知るであろう。まことの愛の素晴らしさを、私たちの胸ひろくして、母を、兄を、抱き容《い》れて、眠り溶けさせることができるのだという事実を。その時には、われらにそっと囁け、「私たちは、愛さなかった。」

「まあいいよ。人の心配なぞせずと、ご自分の袖《そで》のほころびでも縫いなさい。」それでは、立ちあがって言おうじゃないか。「人たれか、われ先に行くと、たとい、一分《いちぶ》なりとも、その自矜《じきよう》うちくだかれて、なんの、維持ぞや、なんの、設計ぞや、なんの建設ぞや。」さらに、笑ったならば、その馬づらを、殴れ！

＊

あなた知っている？　教授とは、どれほど勉強、研究しているものか。学者のガウンをはげ。大本《おおもと》教主の頭髪剃《そ》り落した姿よりも、さらに一層、みるみる矮小化《わいしょうか》せんこと必せり。

学問の過尊をやめよ。試験を全廃せよ。あそべ。寝ころべ。われら巨万の富貴をのぞまず。立て札なき、たった十坪の青草原を！

性愛を恥じるな！　公園の噴水の傍のベンチに於ける、人の眼恥じざる清潔の抱擁と、老教授R氏の閉め切りし閨《ねや》の中と、その汚濁、果していずれぞや。

「男の人が欲《ほ》しい！」「女の友が欲しい！」君、恥じるがいい、ただちに、かの聯想《れんそう》のみ思い浮べる油肥《あぶらぶと》りの生活を！　眼を、むいて、よく見よ、性のつぎなる愛の一字を！

求めよ、求めよ、切に求めよ、口に叫んで、求めよ。沈黙は金という言葉あり、桃《とう》李《り》言わざれども、の言葉もあった、けれども、これらはわれらの時代を一層、貧困に落した。*（As you see.）告げざれば、うれい、全く無きに似たり、とか、きみ、こぶしを血にして、たたけ、五百度たたきて門の内こたえなければ、千度たたかん、千度たたきて門、ひらかざれば、すなわち、門をよじのぼらん、足すべらせて落ちて、死なば、われら、きみの名を千人の者に、まことに不変の敬愛もちて千語ずつ語らん。きみの花顔、世界の巷《ちまた》ちまた、露路の奥々、あつき涙とともに、撒《ま》き散らさん。死ね！　われら、いま、微細といえども、君ひとり死なせたる世の悪への痛憤、子々孫々ひまあるごとに語り聞かせ、君の肖像、かならず、子らの机上に飾らせ、その子、その孫、約して語りつがせん。ああ、この世くらくして、君に約するに、世界を覆《おお》う厳粛華麗の百年祭の固き自明の贈物の*その他を以《もっ》てする能《あた》*わざることを、数十万の若き世代の花うばわれたる男女と共に、深く恥じいる。

二十七日。

「金魚も、ただ飼い放ち在るだけでは、月余の命、保たず。」（その三。）

人、口々に言う。「リアル」と。問わん、「何を以てか、リアルとなす。蓮《はす》の開花に際し、ぽんと音するか、せぬか、大問題、これ、リアルなりや。」「否。」「ナポレオンもまた、風邪《かぜ》をひき、*乃木《のぎ》将軍もまた、閨を好み、クレオパトラもまた、脱糞《だっぷん》せりとの事実、これこそは君等《ら》のいうリアルならん。」笑って答えず。「更に問わん、太宰もまた泣いて原稿を買って下さい、とたのみ、チェホフも扉の敷居すりへって了《しま》うまで、売り込みの足をはこんだ、ゴリキイはレニンに全く牛耳られて易々諾々《いいだくだく》のふうがあった、プルウストのかの出版屋への三拝九拝の手紙、これをこそ、きみ、リアルというか。」用心のニヤニヤ笑いつづけながらも、少し首肯《うなず》く。「愚なる者よ。きみ、人その全部の努力用いて、わが妻子わすれんと、あがき苦しみつつ、一度持たせられし旗の捨てがたくして、沐雨櫛風《もくうしっぷう》、ただ、ただ上へ、上へとすすまなければならぬ、肉体すでに半死の旗手の耳へ、妻を思い出せよ、きみ、私め、かわってもよろしゅうございますが、その馬の腹帯は破れていますよと、かの宇治川、佐々木のでんをねらっていることに、気づくがよい。名への恋着に非《あら》ず、さだめへの忠実、確定の義務だ。川の底から這《は》いあがり、目さえおぼろ、必死に門へかじりつき、また、よじ登り、すこし花咲きかけたる人のいのちを、よせ、よせ、芝居は、と鼻で笑って、足ひっつかんで、むざん、どぶどろの底、ひきずり落すのが、これが、リアルか。」かれ少し坐《すわ》り直して、「リアルとは、君の様に、針ほどのものを、棒、いや、門柱くらいに叫び騒がずして、針は、針、と正確に指さし示す事なり。」「愚かや、君は、かの認識の法を、研究したにちがいない。また、かの、弁証法をも、学びたるなるべし。われ、かのレクチュアをなす所存なけれど、いまの若き世代、いまだにリアル、リアル、と穴てんてんの青き表現の羅紗《らしゃ》かぶせたる机にしがみつき、すがりつき、にかわづけされて在る状態の、「不正。」に気づくべき筈《はず》なのに、帰りて、*まず、唯物論《ゆいぶつろん》的弁証法入門、アンダラインのみを拾いながらでもよし、まず、十頁《ページ》、読み直せ。お話は、それから、再びし直そう。」かく言いて、その日は、わかれた。

リアルの最後のたのみの綱は、記録と、統計と、しかも、科学的なる臨床的、解剖学的、それ等である。けれども、いま、記録も統計も、すでに官僚的なる一技術に成り失《う》せ、科学、医学は、すでに婦人雑誌ふうの常識に堕し、小市民《リアリスト》は、何々開業医のえらさを知っても、野口英世《ひでよ》の苦労を知らぬ。いわんや、解剖学の不確実など、寝耳に水であろう。天然なる厳粛の現実《リアリティ》の認識は、二・二六事件の前夜にて終局、いまは、*認識のいわば再認識、表現の時期である。叫びの朝である。開花の、その一瞬まえである。

真理と表現。この両頭食い合いの相互関係、君は、たしかに学んだ筈だ。相剋《そうこく》やめよ。いまこそ、アウフヘエベンの朝である。信ぜよ、花ひらく時には、たしかに明朗の音を発する。これを仮りに名づけて、われら、「ロマン派の勝利。」という。誇れよ！　わがリアリスト、これこそは、君が忍苦三十年の生んだ子、玉の子、光の子である。

この子の瞳《ひとみ》の青さを笑うな。羞恥《しゅうち》深き、いまだ膚《はだ》やわらかき赤子なれば。獅子《しし》を真《ま》似《ね》びて三日目の朝、崖《がけ》の下に蹴《け》落《おと》すもよし。崖の下の、蒲団《ふとん》わするな。勘当と言って投げ出す銀煙管《ぎんぎせる》。「は、は。この子は、なかなか、おしゃまだね。」

知識人のプライドをいたわれ！　生き、死に、すべて、プライドの故《ゆえ》、と断じ去りて、よし。職工を見よ、農家の夕食の様を覗《のぞ》け！　着々、陽気を取り戻した。ひとり、くらきは、一万円費《つか》って大学を出た、きみら、痩《や》せたる知識人のみ！

くたびれたら寝ころべ！

悲しかったら、うどんかけ一杯と試合はじめよ。

私は君を一度あざむきしに、君は、私を千度あざむいていた。私は、「嘘吐《うそつ》き。」と呼ばれ、君は、「苦労人。」と呼ばれた。「うんとひどい嘘、たくさん吐くほど、嘘つきでなくなるらしいのね？」

十二、三歳の少女の話を、まじめに聞ける人、ひとりまえの男というべし。

その余は、おのれの欲するがまにまに行え。

二十八日。

「現代の英雄について。」

ヴェルレエヌ的なるものと、ランボオ的なるもの。

スイートピイは、蘇鉄《そてつ》の真似をしたがる。鉄のサラリイマンを思う。片方は糸で修繕した鉄ぶちの眼がねをかけ、スナップ三つあまくなった革《かわ》のカバンを膝《ひざ》に乗せ、電車で、多少の猫背つかって、二日そらない顎《あご》の下のひげを手さぐり雨の巷《ちまた》を、ぼんやり見ている。なぐられて、やかれて、いまはくろがねの冷酷を内にひそめて、（断）

二十九日。

十字架のキリスト、天を仰いでいなかった。たしかに。地に満つ人の子のむれを、うらめしそうに、見おろしていた。

手の札、からりと投げ捨てて、笑えよ。

三十日。

雨の降る日は、天気が悪い。

三十一日。

(壁に。)ナポレオンの欲していたものは、全世界ではなかった。タンポポ一輪の信頼を欲していただけであった。

(壁に。)金魚も、ただ飼い放ち在るだけでは、月余の命、保たず。

(壁に。)われより後に来るもの、わが死を、最大限に利用して下さい。

一日。
実朝《さねとも》をわすれず。
伊豆《いず》の海の白く立つ*浪《なみ》がしら
塩の花ちる。
うごくすすき。
蜜柑畑《みかんばたけ》。
二日。
誰も来ない。たより寄こせよ。
疑心暗鬼。身も骨も、けずられ、むしられる思いでございます。
*チサの葉いちまいの手土産《てみやげ》で、いいのに。

三日。

不言実行とは、暴力のことだ。手綱《たづな》のことだ。鞭《むち》のことだ。

いい薬になりました。

四日。

「梨花一枝《りかいっし》。」

改造十一月号所載、佐藤春夫《はるお》作「芥川賞《あくたがわ》」を読み、だらしない作品と存じました。それ故に、また、類《たぐい》なく立派であると思った。真の愛情は、めくらの姿である。狂乱であり、憤怒《ふんぬ》である。更に、（断）

寝間の窓から、羅馬《ローマ》の炎上を凝視して、ネロは、黙した。一切の表情の放棄である。美妓《びぎ》の巧笑に接して、だまっていた。緑酒を捧持《ほうじ》されて、ぼんやりしていた。かのアルプス山頂、旗焼くけむりの陰なる大敗将の沈黙を思うよ。

一嚙《ひとかみ》の歯には、一嚙の歯を。一杯のミルクには、一杯のミルク。（誰のせいでもない。）

「なんじを訴うる者とともに途《みち》に在るうちに、早く和解せよ。恐《おそら》くは、訴うる者なんじを審判人《さばきびと》にわたし、審判人は下役《したやく》にわたし、遂《つい》になんじは獄《ひとや》に入れられん。誠に、なんじに告ぐ、一厘《りん》も残りなく償《つぐの》わずば、其処《そこ》をいずること能《あた》わじ。」（マタイ五の二十五、六。）

晩秋騒夜、われ完璧《かんぺき》の敗北を自覚した。

一銭を笑い、一銭に殴られたにすぎぬ。

私の瞳は、汚れてなかった。

享楽《きょうらく》のための注射、一本、求めなかった。おめん！　の声のみ盛大の二、三の剣術*先生を避けたにすぎぬ。「水の火よりも勁《つよ》きを知れ。キリストの嫋々《じょうじょう》の威厳をこそ学べ。」

他は、なし。

天機は、もらすべからず。

（四日、亡父命日。）*

五日。

逢《あ》うことの、いま、いつとせ、早かりせば、など。

六日。

「人の世のくらし。」

女学校かな？　テニスコート。ポプラ。夕陽《ゆうひ》。サンタ・マリヤ。（ハアモニカ。）

「つかれた？」

「ああ。」

これが人の世のくらし。まちがいなし。

七日。

言わんか、「死屍《しし》に鞭《むち》打つ。」言わんか、「窮鳥を圧殺す。」

八日。

かりそめの、人のなさけの身にしみて、まなこ、うるむも、老いのはじめや。

九日。

窓外、庭の黒土をばさばさ這《は》いずりまわっている醜き秋の蝶《ちょう》を見る。並はずれて、たくましきが故に、死なず在りぬる。はかなき態《てい》には非《あら》ず。

十日。

*私が悪いのです。私こそ、すみません、を言えぬ男。私のアクが、そのまま素直に私へ又はねかえって来ただけのことです。

よき師よ。

よき兄よ。

よき友よ。

よき兄嫁よ。

姉よ。

妻*よ。

医師よ。


亡父も照覧。


「うちへかえりたいのです。」

柿《かき》一本の、生れ在所《ざいしょ》や、さだ九郎。

笑われて、笑われて、つよくなる。


十一日。

無才、醜貌《しゅうぼう》の確然たる自覚こそ、むっと図太い男を創《つく》る。たまもの也《なり》。（家兄ひとり、面会、対談一時間。）

十二日。

試案下書。*

一、昭和十一年十月十三日より、ひとつき間、東京市板橋区M脳病院に在院。パヴィナアル中毒全治。以後は、

一、十一年十一月より十二年（二十九歳）六月末までサナトリアム生活。（病院撰定《せんてい》は、S先生、K様、一任。）

一、十二年七月より十三年（三十歳）十月末まで、東京より四、五時間以上かかって行き得る（来客すくなかるべき）保養地に、二十円内外の家借りて静養。（K氏、ちくらの別荘貸して下さる由《よし》、借りて住みたく思いましたが、けれども、この場所撰定も、皆様一任。）

右の如《ごと》く満一箇年、きびしき摂生、左肺全快、大丈夫と、しんから自信つきしのち、東京近郊に定住。（やはり創作。厳酷の精進。）

なお、静養中の仕事は、読書と、原稿一日せいぜい二枚、限度。

一、「朝の歌留多《かるた》。」

（昭和いろは歌留多。「日本イソップ集」の様な小説。）

一、「猶太《ゆだや》の王。」

（キリスト伝。）

右の二作、プランまとまっていますから、ゆっくり書いてゆくつもりです。他の雑文は、たいてい断るつもりです。

その他、来春、長編小説三部曲、「虚構の彷徨《ほうこう》。」S氏の序文、I氏の装幀《そうてい》にて、出版。（試案は、所詮《しょせん》、笹《ささ》の葉の霜。）

この日、午後一時半、退院。

汝《なんじ》らの仇《かたき》を愛し、汝らを責むる者のために祈れ。天にいます汝らの父の子とならん為《ため》なり。天の父はその陽《ひ》を悪《あ》しき者のうえにも、善き者のうえにも昇らせ、雨を正しき者にも、正しからぬ者にも降らせ給《たま》うなり。なんじら己《おのれ》を愛する者を愛すとも何の報をか得べき、取税人も然《しか》するにあらずや。兄弟にのみ挨拶《あいさつ》すとも何の勝《まさ》ることかある、異邦人も然するにあらずや。然らば汝らの天の父の全きが如く、汝らもまた、全かれ。

校訂

本書に収録された作品は、いずれも初期、作者の精神的動揺の激しい時期の作品であり、雑誌発表から単行本収録の過程で、作者の加筆訂正が数多く行われているため、以下の表に主な異同を掲げた。

『狂言の神』

昭和十一年十月号の『東陽』に発表され、十二年六月新潮社刊『虚構の彷徨《ほうこう》、ダス・ゲマイネ』、二十二年八月三島書房刊『狂言の神』に収録された。本編の底本（＊印）には、初版本を用いた。

頁	行	『東陽』	＊『虚構の彷徨』	『狂言の神』
一〇	九	ゲエテに	同上	とゲエテに
	一一	に咲いていた。	同上	に小さく咲いていた。

『虚構の春』

昭和十一年七月号の『文学界』に発表され、新潮社刊『虚構の彷徨、ダス・ゲマイネ』、三島書房刊『狂言の神』に収録された。本編の底本には、発表雑誌を用いた。

頁	行	＊『文学界』	『虚構の彷徨』	『狂言の神』
三七	五	秋葉さん	秋田さん	同上
	九			
三八	四			
	五～六			
	四	佐藤家	深沼家	同上
三九	四	栗（栗）飯原梧楼	栗（栗）飯原梧郎	同上
	二	お金	稿料	同上
四一	二～三	あなたが酒をのみ	あなたが御病気にもかかわらず酒をのみ	同上
四六	六	飛島定城。」	小泉邦録。」	同上
四七	一	菅沢忠一。	清瀬次春。	同上
四九	九	この仕事は、	この手紙を	同上
五〇	一三	佐藤春夫。	深沼太郎。	同上
五一	九	飛島君	小泉君	同上
	三			

五二 ～ 四	東奥日報社	北奥新報社	同上
四	竹内俊吉。	辻田吉太郎。	同上
五三 一五	伊馬君	萱野君	同上
五四 一 二	鱒二。」	早川生。」	同上
五七 二	佐藤氏	深沼氏	同上
九	伊馬君、	萱野君、	同上
九	井伏鱒二。	早川俊二。	同上
六二 五	気恥しい気持と、又は、訳の分らぬ関心のさっぱり持てぬ気持	気恥しい気持、見るのもいやな気持	同上
六三 二～三	七月頃	四五日中に	同上
六三 一六	われながら	この悪筆、乱筆には、われながら	同上
六五 五	当時、信濃の山々、	六、七年まえのことでございますが、当時、信濃の山々、	同上

六六	三	あやうく	やはり他社のものに先をこされて、あやうく	同上
	四	五たび、	説教きかされ、お説教中、五たび、	同上
六七	八	入院させた。	精神病院に入院させた。	同上
七〇	二	必ず一読せられよ。	必ず一読せられよ。（一行あき。）	同上
七七	七	必ず何か	女、このとしには必ず何か	同上
八一	二〜三	しかも秋風のような断腸のわびしさを持つニュアンスを必ず書き添えて居りました。	しかもその画には秋風のような断腸のわびしさがにじみ出て居りました。	同上
八三	一〇	何種類の××と、	けものと	同上
八四	七〜八	あったろうか。	あったろうか、などそんなことだけを気にしている。	同上
八五	一	それこそ、無口で働きもの。	削除	同上
	一〇〜一一	十指にある	かの穴蔵の仕事の十指にある	同上

八七 七	十年まえ	私の名ではなかった。十年まえ	同上
三	いま評判の	新進の	同上
八八 三	雑誌から	支那のブルジョア雑誌から	同上
一			
九〇 ～	このことがら	あのはげしかった会合のことがら	同上
二			
九二 一五	あなたのゼスチュア	あなたの大人びたゼスチュア	同上
九三 九	「日本高邁クラブ」	『新ロマン派』	同上
九四 六	飛島定城君	小泉邦録君	同上
一六	松井守。	辻田吉太郎。	同上
九五 一三	『日本高邁クラブ』	『新ロマン派』	同上
一			
九六 ～			
二			
九五 一四	『加冠』	『新潮』	同上
九六 一			
九五 一四	を謳えさせたこと、等	を携えさせたこと等、	同上

九六 八〜一〇〇 四	ぼくは幼年時………させたことと思います。	同上	削除
九六 一六	某伯、………を受けつつ、	おのれも某伯、………を受け、	
一〇三 六〜七	盛んに英語を聞いてくるので	ぼくに盛んに英語を聞くので	同上
一〇四 二	音たててふるえました。	音たてて鳴らしてふるえました。	同上
五	白い柱	白い壁の天井	同上
六	年始	挨拶	同上
一〇六 一	四日から出勤	もう四日出勤	同上
一〇七 三	余りでたらめは	同上	なんて、余りでたらめは
一四	紙芝居	大芝居	同上
一五	あまり、煩さい	同上	なんて、あまり、煩さい
一〇九 五	人のは、	人の自慢は、	同上

	三	無益であると	有害であると	同上
	一五	説教されました。	説教されました。そうして個性は主任を殺せと説教しました。	同上
二一〇	一〜二	『商人は書物があるから外で	『商人は外で	同上
	七	好いでしょう。	同上	好いでしょう。性格《ペルソナ》とは、マスクの事ですってね。
	一三	書いて	生きて	同上
二二三	一	『日本高邁クラブ』	『新ロマン派』	同上
二二五	二	佐藤春夫。」	深沼太郎。」	同上
二二六	一五	青柳君	北沢君	同上
二二七	二	井伏鱒二。	早川俊二。	同上
二二九	一	鰭崎君	千家君	同上
二三〇	三	内山徹。	気仙仁一。	同上
二三一	三	内山十三。」	汽船荷一。」	同上
二三二	二	井伏さん	早川さん	同上

二三　八 九～一〇 一〇 一一	佐藤家	深沼家	同上
一一	『歴史文学』	『英雄文学』	同上
二四　七		「罰です。女ひとりを殺してまで作家になりたかったの？もがきあがいて、作家たる栄光得て、ざまを見ろ、麻薬中毒者という一匹の虫。よもやこうなるとは思わなかったろうね。地獄の女性より。」（追加）	同上
二七　二～三	青葉のしたを	青葉を	同上
一〇	イモクテネ	ジュムゲジュムゲ、イモクテ	同上

ネ

二八	一〇〜一二 一四	『歴史文学』	『英雄文学』	同上
二九	二	来るよう。」	来るよう。萱野鉄平。」	同上
	七	二十八年、	二十八年間、十六歳の秋より四十四歳の現在まで、	同上
三〇	一五	津島会治。	山形宗太。	同上
三二	四	『歴史文学』	『英雄文学』	同上

『雌に就《つ》いて』

昭和十一年五月号の『若草』に発表され、十二年七月版画荘刊『二十世紀旗手』、十七年十一月昭南書房刊『信天翁《あほうどり》』、二十三年八月杜陵書院刊『雌に就いて』に収録された。本編の底本には、初版本を用いたが、以後の各版との異同はほとんどない。

『創生記』

昭和十一年十月号の『新潮』に発表され、昭南書房刊『信天翁』、杜陵書院刊『雌に就いて』

に収録された。本編の底本には、発表雑誌を用いた。

頁	行	*『新潮』	『信天翁』
一四八	一〇	コレモキマッテ、	キマッテ、
一五〇	一	彼失《カレウシナ》ワズ	彼失《カレウシナ》ワズ（石坂洋次郎氏《イシザカヨウジロウシ》ノ近作《キンサク》ニツイテ）
	二	林房雄氏《ハヤシフサオシ》	石坂洋次郎作《イシザカヨウジロウサク》「麦《ムギ》死ナズ」ニツイテノ、林房雄氏《ハヤシフサオシ》
	三	決断《ケツダン》、カノ小論《ショウロン》	決断《ケツダン》ガ、カノ林氏《ハヤシ》ノ小論《ショウロン》
一五一	七	島崎藤村《シマザキトウソン》。島木《シマキ》健作《ケンサク》。	削除
	九	「話《ハナシ》」編輯長《ヘンシユウチョウ》。	「真念《シンネン》」編輯長《ヘンシユウチョウ》。
一五三	四	人いたらぬこと、	性《さが》いたらぬこと、
一五四	四	かの女の情夫の	かの女の年わかき情夫の
一五五	一	可愛そうなマダム。	可愛そうなはマダム。
	三	白痴にちかき情人	白痴にちかき十八歳の情人
一六一	七～八	そんなばかげた、いや、いや、	削除
	九	そんな秘めたる	いや、いや、そんなばかげた、そんな秘めたる

一六三　四	少年は背丈のび、	少年少女の脊丈はのび、
八	日夜きょうきょうの厳酷こそは、	日夜きょうきょうの厳酷の反省こそは、
一〇	すすんで病気になった。	すすんで同じ病気になってやった。
一六六　一	両脚つよくひらいて、	両脚うごかし、
四	お岩様	そのお岩様
七〜一七一　二	山上通信（全文）	削除

『喝采《かっさい》』

昭和十一年十月号の『若草』に発表され、版画荘刊『二十世紀旗手』、昭南書房刊『信天翁』、杜陵書院刊『雌に就いて』に収録された。本編の底本には、初版本を用いた。

頁　行	『若草』	*『二十世紀旗手』	『信天翁』	『雌に就いて』
一七六　七〜八	ラジオ体操の音楽	同上	ラジオ体操の号令	同上
一七八　三	失笑の声	大笑の声	同上	同上
一八〇　三	二重橋ちかきお広場	同上	……（九字伏字）	宮城前の広場

一八三　一〇	生活派の作家のうち	同上	生活派のうち	同上

『二十世紀旗手』

昭和十二年一月号の『改造』に発表され、版画荘刊『二十世紀旗手』、十五年六月人文書院刊『思い出』、二十二年一月鎌倉文庫刊『猿面冠者』、二十二年五月浮城書房刊『二十世紀旗手』に収録された。本編の底本には、初版本を用いた。鎌倉文庫版と浮城書房版とはほぼ同一である。

頁　行	『改造』	＊『二十世紀旗手』	『思い出』	『猿面冠者』
一八八　二	これでもか、生垣	同上	これでもか、と生垣	同上
四	あづき色	あかき色	同上	同上
三	かの壇上の	同上	かの増上の	かの増長の
一九八　四	かくれた。	同上	かくれた。あなたはそれを見て、にっと私に笑いかけた。二人にしか、わからぬ秘密。	同上
二	有田教授	同上	宇島教授	同上
一九九　一	一計なし、	同上	削除	同上
五	福田蘭堂（童）	同上	世之介	ドンファン

二〇六　一～三	蘭童……花咲いた。	同上	削除	同上
二〇七　一〇	荻窪の	同上	郊外の或る	同上
二一〇　六	とっさに了解。	同上	とっさに了解。わざと三枚かえさない。これは、貴族の礼儀。	同上
一〇	礼儀	同上	理性	同上
二一一　九				ぶらさがる可能性のあるもの、すべて気がかりの様子に見受けられました。（追加）
二一三　五	××翁の救われぬ臭癖見たが、	××翁の救われぬ臭癖見たか、	藤村翁の救われぬ臭癖見たか。	同上

『HUMAN LOST』

昭和十二年四月号の『新潮』に発表され、十六年五月実業之日本社刊『東京八景』、三島書房刊『狂言の神』に収録された。本編の底本には発表雑誌を用いた。実業之日本社版と三島書房版とはほぼ同一である。

頁	行	＊『新潮』	『東京八景』
二二八	一	十三日。	昭和十一年十月十三日。
二二九	七	ものかいて扇ひき裂くなごり哉	ものかいて扇ひき裂く
	六	しかし帝王の如く	しかも王者の如く
二三〇	七	帝王	王さま
二三一	三	Yでも、Hさんでも、	Tでも、Fさんでも、
	三	善四郎ののろま、Y子さん。	兄さん。
	一四〜		
二三三	一	Kさん夫婦と、Fさん夫婦、	Iさん夫婦と、Y夫婦、
	三	ねむりだけでも。	一瞬の笑顔を。
二三六	四	「妻を	「弱者を
	一〇	無智の洗濯女よ。	削除
二三七	五〜一六	ただ、T家よりの銅銭	ただ、ただ、T家よりの金銭
二三八	一〇	母の胸…………入れることなし。	削除
二三九	二	……の暗躍。	削除

	八〜二	尚、ここに……瞳のみ。	削除
二三〇	八	トリック。	経営法に就いて。
二三一	四	高田浩吉、	高田浩吉の歌、
	六	永遠に	いつまでも
	三	きしりにさえ胸やぶれる	きしりにさえ迎えが来たかと胸やぶれる
二三二	二〜四	愛している、……言い切り得る。	削除
	一〇〜一三	われ、……疑う勿れ。	削除
二三三	三〜五	院主……を奪うトリック。	削除
二三五	四	否、その激しさの、高さの、ほどを!	削除
	七〜	「おめん!」の……を避けた。	削除

二三六	一八	四十歳の人の言葉。	世の所謂、大人の言葉。
二三七	一〜一〇	あなた知っている?………愛の一字を!	削除
二三八	二	(As you see.)	削除
	一〇	その他	その余
二三九	一	乃木将軍もまた、閨を好み、	削除
二四〇	四	まず、唯物論的弁証法入門、	認識論入門、
	二	認識のいわば再認識、	削除
二四四	三	白く立つ浪がしら	白く立ち立つ浪がしら。
	一〇	チサ	紫蘇
二四六	九〜一〇	剣術先生	剣術先生的文士
二四七	三	(四日、	(この日、
二四八	九	私が悪いのです。	私が一ばん悪いのです。
二四九	四	妻よ。	妻よ。ゆるせ。
二五〇	三		

二五二〜七——試案下書。…………笹の葉の霜。）——削除

解　説

奥　野　健　男

この文庫に収められた七編の作品は、いずれも昭和十一年（一九三六年）から翌十二年の前半にかけて発表されたもので、太宰治の二十七、八歳の時の作品である。太宰の文学活動を前、中、後期の三つの時期に通常分けるが、この七編はいずれも前期の後半に属する。つまり処女作品群『晩年』以後に書かれた作品である。

読者は、この七つの作品を読んで、みんな普通の小説と勝手が違う、風変りな小説ばかりなので戸惑われたのではないだろうか。出来損《できそこな》いばかりでこんなのは小説と認めがたい、気狂《きちが》いの書いた支離滅裂なたわごとじゃないか、そう決めつける読者もいるかもしれない。確かに従来の小説概念から言えば小説とは言えないような小説もある。錯乱した異常な精神状況を錯乱のまま表現した作品もある。

しかしぼくはこの時期の作品に魂が揺らめくような痛切な感銘をおぼえる。一緒に叫び出したいような、泣きたいような共感をおぼえる。気取り屋で自意識家の太宰治が、ここでは我を忘れて、激情に身を任せている。日頃あらわさない裸の心が、素顔が、怒りやかなしみが、率直に表現されている。ぼくたちはこの錯乱の時期の作品の中にこそ太宰治の魂の深い部分を、垣間見《かいま》ることができるのだ。それと共にこの時期に、既成の小説概念を否定し破壊する、従来考えられなかったような大胆で奔放なさまざまな前衛的な試みを行なっている。たとえば文体を意識的に途中から変えたり、助詞を極端に省略したり、人からの手紙だけで作品を構成したり、小説の中に随筆や抗議文を挿《はさ》んだり、主人公のほかに作者が登場したり、楽屋裏を明かしたり、演説体にしたり、オペラ風にしたり、日記風の断片にしたり、文体、構成、発想などに手練《てれん》手管《てくだ》の限りを尽している。それは八方破れの支離滅裂の錯乱の文体とも見られかねない。しかし後に述べるように太宰治はこの時期、パビナール中毒に悩み、日常生活では異常な言動が多かったが、文学作品に関する限り、激情に身を任せていても少しの錯乱もない。むしろ錯乱的な生活や感情をいかにすれば表現できるかと、きわめて意識的であり、緻密《ちみつ》に計算している。いや、錯乱と冷静、激情と計算との、せめぎあいの緊張の中にこれらの作品は成立していると言うのが正しいだろう。このような小説を太宰が書いた原因はパビナール中毒のためではなく、従来の小説方法では現代人の内面的真実は表現できない、もはや従来のリアリズムや正統的なロマンが、そのまま通用する近代は終焉《しゅうえん》し、未知の現代という時代に入ったという明確な認識からである。太宰は必死になって現代を、現代人を表現し得る新しい文学方法を模索しているのだ。

それにせよ、昭和十一年という、ひと昔もふた昔も前に書かれた作品であるにかかわらず、なんと新鮮で衝撃的であろうか。今日の文学者たちも、自分たちの内的真実を表現し得る新しい現代文学をつくり出そうとさまざまな試行錯誤を行なっているが、それらのひとりよがりで観念的で難解な、つまり他者への伝達をあきらめてしまった作品にくらべるとき、錯乱を表現しながら、まことに明晰《めいせき》であり、たえず読者に直接語りかけている。この時期の太宰治が模索し、きりひらいた方法の中に、今日の文学者も読者も忘れ、気がつかなかった現代文学の未来への可能性が蔵されているのではないか。

昭和十、十一、十二年は、太宰治の生涯の中で、もっとも波瀾《はらん》にみちた疾風《しっぷう》怒濤《どとう》の時代であった。苦悩と錯乱の地獄の時期と言ってもよい。周知のように太宰は弘前《ひろさき》高校、東大仏文時代、共産主義の非合法実践運動に加わり、やがて脱落し逃亡した。革命運動に加わったのも、離れたのも、共に自分が農民を搾取《さくしゅ》している津軽の大地主の子であるというコンプレックスからであった。革命運動から離れた太宰は、自分は人民の敵であり、裏切者であり、滅亡の民であるという罪意識から、自己をもっとも愚劣なかたちで途絶えさせようと決心する。そして死ぬ前にせめてこんな人間もいたのだと遺書のつもりで小説群『晩年』を書いた。しかし『晩年』は自殺を前提にした白鳥の歌として、かえって落着いた明るい青春文学になっている。『晩年』を書き終えた太宰治は青春の最後の乱舞とばかり仲間と同人雑誌に加わり、放蕩無頼《ほうとうぶらい》の生活を送る。その間に遺書のはずであった『晩年』の作品が次々に雑誌に発表され、文学青年の間に天才現わると評判になる。太宰はこの時既に芸術のデモンのとりこになっており、文学の底知れぬ魅力にひかれ、また新進作家としての名声にも酔っていた。しかし一方では滅亡の民であるという思念は動かず、一度思い定めた宿命に忠実であろうとして、昭和十年四月鎌倉の山で縊死《いし》を計るが失敗し未遂に終る。続いて腹膜炎で重態に陥り、鎮痛のため使用したパビナール注射が習慣になり、重い麻薬中毒に陥る。その頃『晩年』の中の『逆行』が第一回の芥川《あくたがわ》賞候補作に選ばれたが賞には入らなかった。義絶同然になっている故郷の生家への言い訳のためも、薬品代ほしさも手伝い、太宰は第二回、第三回と敬愛する芥川の名を冠したこの賞に執着し、佐藤春夫《はるお》に賞をほしいと嘆願するやら、薬品代ほしさに先輩、友人の文学者や雑誌社に借金を申込み、莫大《ばくだい》な借金を背負うなど、異常な言動が多く、太宰治は「才有れども徳無し」で、天才かもしれないが性格破綻者《はたんしゃ》だという噂《うわさ》が文壇にひろまりはじめた。心配した先輩や友人たちは太宰を入院させ、薬品中毒を根治させようとする。昭和十一年十月武蔵野《むさしの》病院に入院したのだが、太宰治にとってそこが精神病院であったことが大きなショックであった。その上、入院中に彼のはじめの妻である小山初代が、ある画学生と間違いを犯していた。退院後そのことを知った太宰はすべてが信じられなくなった。そして翌昭和十二年の三月、初代とともに水上《みなかみ》温泉に行き、カルモチンによる心中自殺を企てたが未遂に終り、帰京後初代と離別した。

太宰治はこの時期、自らの文学への野望と、滅亡の民であるという宿命との矛盾葛《かっ》藤《とう》の唯一《ゆいいつ》の解決として〝反立法の役割〟をはたそうと考えた。キリストの光を輝かすためのユダに、明日の暁雲《ぎょううん》をうむための夕焼になろう、悪徳の見本になり刺し殺されるのを待つ、それだけが自分にできる唯一のこの世への奉仕であり、文学を書く目的なのだと。太宰は真剣にそう考えすべてを賭《と》して、〝反立法〟という主観的真実に忠実たらんとした。自己を偽らず、世間と妥協せず、弱さを弱さのまま、美しさを美しさのまま、醜さを醜さのまま表現し、行動しようとした。それゆえの苦悩であり、無頼であり、反抗であり、錯乱であり、自己破壊であり、自殺であった。それが人からは単なる狂人としか理解されてなかったことを精神病院に入れられて知った太宰は一生いやし得ない魂の傷を受けた。ここからまず健全な市民生活を送って、文学の世界だけで主観的真実を貫こうという中期への変貌《へんぼう》がうまれ、より深くは『人間失格』に通じる人間不信と祈りにも似たかなしさとして貫かれてゆく。

いずれにせよ、ここに収められた作品は、自ら〝排除と反抗〟の時期、〝野望と献身のロマンスの地獄〟と呼ぶ前期にもっとも適《ふさ》わしい作品ばかりである。

『狂言の神』と『虚構の春』は処女創作集『晩年』に所収された『道化の華《はな》』とともに、昭和十二年六月、三部曲『虚構の彷徨《ほうこう》』として『道化の華』『狂言の神』『虚構の春』の順で構成され、『ダス・ゲマイネ』を付して、新潮社より刊行された。『虚構の彷徨』の解題で「むかしからの私の読者も、心あらば、いまひとたび、この一系列の作品の、順序を追うて併《あわ》せ読まれよ。言わんか、怜悧《れいり》、清浄の読者のみ、これら酔いどれ調子の手記の底に、永遠の愛と悲しみを探り当て、詮《せん》なき溜息《ためいき》を吐《つ》き給《たま》う。」と作者自身が述べているように、テーマや方法や構成がそれぞれ照応している華・神・春の三部曲『虚構の彷徨』の中の一曲としてぜひ読んでほしい。本文庫もそのような構成にしたかったが、『道化の華』が同じ新潮文庫の『晩年』に既に収録されているためはたせなかった。「読者も、心あらば、いまひとたび、併せ読まれよ」という太宰の言を借りて、心ある読者なら『晩年』の中の『道化の華』をいまひとたび、併せ読んでいただきたい。

『狂言の神』は『東陽』昭和十一年十月号に発表された。『道化の華』が鎌倉の海での女との投身自殺未遂を扱ったのに対し、『狂言の神』は昭和十年の鎌倉の山での縊死自殺未遂を扱っている。ともに内心の微妙な真実を表現するのが難《むず》かしい題材であり、『華』では主人公の大庭《おおば》葉蔵のほかに作者がいちいち登場し批判したり説明する方法をとっているが、この『神』では「今は亡《な》き、畏友《いゆう》、笠井一《かさいはじめ》について書きしるす。」と、主人公を死者として、友人がその自殺のてんまつを森鷗外《おうがい》の文体を借り書きはじめている。しかしたちまち「若き兵士たり。」の言葉にひっかかり、「恥かしくて死にそうだ。」「なあんてね。」なんていう含羞《がんしゅう》の語が出て、狼狽《ろうばい》、赤面逆上、次第にやぶれかぶれの尻《しり》をまくったろまん調、助詞をはぶいた独特の調子の軽快な文章になり、突走って行く。ここに笑い、道化、自己戯画化、戯作《げさく》の中に、言い難い厳粛な真実を羞恥《しゅうち》と自意識に耐えながら告白するという太宰文学の真骨頂があらわれている。末期《まつご》の目に映った菊五郎の白井権八《ごんぱち》の色彩豊かな舞台姿、浅草の安食堂のにせ万太郎先生、横浜のナポレオンに似た娼婦《しょうふ》、雨に濡《ぬ》れる女学生、深田久弥《きゅうや》との象戯《しょうぎ》等々、諷《ふう》刺《し》をまじえてまことに鮮《あざ》やかに描写されている。

『虚構の春』は『文学界』昭和十一年七月号に発表された。これはまた長い小説の全編が、太宰治に寄せられた手紙だけで成り立っているという全く異色の型破りの小説である。師走《しわす》の上旬から元旦《がんたん》までの一カ月の手紙を排列し構成しているが、その中にはたとえば井伏鱒二《いぶせますじ》、山岸外史《がいし》、檀一雄《だんかずお》、伊馬春部《いまはるべ》、保田與重郎《やすだよじゅうろう》、田中英光《ひでみつ》などとはっきりわかる実在の人の手紙も入っているが（しかしそのまま手を加えず録したかどうかわからない）、その間にあきらかに作者が創作した架空の書簡も多数挿入《そうにゅう》されている。含羞の徒であり、自意識家である作者は他人からの自分への手紙という形式で辛《かろ》うじて、語りがたい心の秘密を告白し、また他人の目を通して自己をまことに痛烈に批判し、戯画化し、否定している。そして読んでゆくと実在と架空の書簡の配合がおもしろく、さまざまの工夫や物語が隠されていて一カ月の太宰の生活や運命が間接的に見事に造型されていて、ちゃんとした小説になっている。しかしこの作品の目的は、他人からの手紙というかくれみのの、ミスティフィケーションにかくれて、今まで言うことのできなかった内的真実、左翼運動への裏切り意識、鎌倉の海で死んだ女への罪意識などを告白することにあった。読者はこの作品から、太宰治の重要な告白を、真実の言葉を、数多く発見するであろう。まことに『虚構の春』は太宰研究上の宝庫と言ってよい。

『雌に就《つ》いて』は『若草』昭和十一年五月号に発表され、「これは、希望を失った人たちの読む小説である。」と作中に述べているように、ニヒリズムとデカダンスと疲労の影が濃い小説である。二・二六事件の夜、好む女性を想像してゆく会話で成立している小説であるが、病的なまで鋭い繊細な感覚で、生と死の運命の髪の毛ほどの微妙なわかれ目まで追いつめ、鎌倉の海で死んだ女を浮ばせる、読む者をして思わずぞっとさせる怖《こわ》い小説である。

『創生記』は『新潮』昭和十一年十月号に発表された。太宰の全作品中、もっとも乱れた作品で、作者も後年作品集に加えるとき、かなりの削除を加えたが、本文庫は初出雑誌によった。作者はパビナール中毒のさなか、精神的、生理的、生活的な苦しみの中にのたうちまわり、自他の遠近感を喪失し、錯乱のまま、錯乱した内部世界を表現している。けれど体《からだ》ごとぶっつけながら、その中で主観的真実だけを貫こうという作者の懸命な努力が、なまのままの叫びと怒りと祈りと、秘められた真実の告白が、烈《はげ》しく読者の魂をうたずにおかない。ここで太宰は誰もできない、もっとも前衛的な小説を創《つく》り出していると言ってもよい。冒頭のカタ仮名書きの水死人の幻想はじめ、『麦死なず』批判、豚に真珠の話、あかい血、くろい血の私小説、山上通信とまことに連想は奔放、助詞を省略した片言めいた文体が生きている、「一作《イッサク》、失《ウシナ》イシモノノ深《フカ》サヲ計《ハカ》レ。」「愛は言葉だ。」「巧言令色の徳」「わざとしくじる楽しさを知れ。」等々、この作品は『虚構の春』と共に、エピグラムの宝庫であり、それ自体、文学論、人生論になっている。

『喝采《かっさい》』は『若草』昭和十一年十月号に発表され、「書きたくないことだけを、しのんで書き、困難と思われたる形式だけを、えらんで創り、デパートの紙包さげてぞろぞろ路《みち》ゆく小市民のモラルの一切を否定し、」と「排除と反抗」の太宰の文学的信条から書き出し、自虐《じぎゃく》道化の後期の『男女同権』に通じる講演形式の小説である。中村地平との交友の真情あふれる美しさが心に残る。

『二十世紀旗手』は『改造』昭和十二年一月号に発表され、『二十世紀旗手』という選ばれた自負と、「生れて、すみません。」というエピグラフの廃残意識に引き裂かれた現代人の心情を、全十二唱からなる、断片をモザイク的にきわめて技巧的意識的に構成した野心作であり、やや才に走り過ぎたきらいがある。既に錯乱はなく、太宰の戯作者《げさくしゃ》としての計画された才能が見られるが、ぼくは「同行二人」の女性が、いつまでも気にかかる。

『HUMAN LOST』は『新潮』昭和十二年四月号に発表され、小説というより散文詩に近い。パビナール中毒のため板橋の精神病院に入院させられた太宰の精神的衝撃が、被害妄想、関係妄想的な心情が、日記形式でモノローグやアフォリズムや詩に綴られている。「銅貨のふくしゅう」「豚箱などは、のどかであった。」「ただ、飼い放ち在るだけでは、金魚も月余の命、保たず。」などの言葉は、呪《のろ》いまでふくまれていて、作者の心の傷を物語っている。しかしこのたわごとめいた文章に、ぼくは主観的真実に生きようとしたため精神病院に収容され、人間の資格を剝脱《はくだつ》される現代人のおそろしい宿命の予兆と、たとえ乱れていても人間の真実の絶叫を見出《みいだ》すのだ。ひとつひとつの言葉が胸に刺さり、息苦しくさせると共に、自然を、青草を願う心情に共感させられる。『HUMAN LOST』は生涯のテーマとして、後年『人間失格』に集約される。甘えている欠陥はあるにせよ、この七編は、いずれも現代人のぎりぎりの心情を、今日の文学者の作品よりはるかに現代的、前衛的に表現している文学だと、ぼくには思えるのだ。

（昭和四十七年八月、文芸評論家）

太宰治著 晩年

妻の裏切りを知らされ、共産主義運動から脱落し、心中から生き残った著者が、自殺を前提に遺書のつもりで書き綴った処女創作集。

太宰治著 斜陽

〝斜陽族〟という言葉を生んだ名作。没落貴族の家庭を舞台に麻薬中毒で自滅していく直治など四人の人物による滅びの交響楽を奏でる。

太宰治著 ヴィヨンの妻

新生への希望と、戦争の後も変らぬ現実への絶望感との間を揺れ動きながら、命をかけて新しい倫理を求めようとした文学的総決算。

太宰治著 津軽

著者が故郷の津軽を旅行したときに生れた本書は、旧家に生れた宿命を背負う自分の姿を凝視し、あるいは懐しく回想する異色の一巻。

太宰治著 人間失格

生への意志を失い、廃人同様に生きる男が綴る手記を通して、自らの生涯の終りに臨んで、著者が内的真実のすべてを投げ出した小説。

太宰治著 走れメロス

人間の信頼と友情の美しさを、簡潔な文体で表現した「走れメロス」など、中期の安定した生活の中で、多彩な芸術的開花を示した9編。

坂口安吾著

白痴

自嘲的なアウトローの生活を送りながら「堕落論」の主張を作品化し、観念的私小説を創造してデカダン派と称される著者の代表作7編。

坂口安吾著

堕落論

『堕落論』だけが安吾じゃない。時代をねめつけ、歴史を嗤い、言葉を疑いつつも、書かずにはいられなかった表現者の軌跡を辿る評論集。

武田泰淳著

ひかりごけ

雪と氷に閉ざされた北海の洞窟で、生死の境に追いつめられた人間同士が相食むにいたる惨劇を直視した表題作など全4編収録。

竹山道雄著

ビルマの竪琴

毎日出版文化賞・芸術選奨受賞

ビルマの戦線で捕虜になっていた日本兵たちが帰国する日、僧衣に身を包んだ水島上等兵の鳴らす竪琴が……大きな感動を呼んだ名作。

寺山修司著

両手いっぱいの言葉

―413のアフォリズム―

言葉と発想の錬金術師ならでは、毒と諧謔の合金のような寸鉄の章句たち。鬼才のエッセンスがそのまま凝縮された413言をこの一冊に。

中河与一著

天の夕顔

私が愛した女には夫があった――恋の芽生えから二十余年もの歳月を、心と心の結び合いだけで貫いた純真な恋人たちの姿を描く名著。

井伏鱒二著

山《さん》椒《しょう》魚《うお》

大きくなりすぎて岩屋の棲家から永久に外へ出られなくなった山椒魚の狼狽をユーモア漂う筆で描く処女作「山椒魚」など初期作品12編。

井伏鱒二著

黒い雨

野間文芸賞受賞

一瞬の閃光に街は焼けくずれ、放射能の雨の中を人々はさまよい歩く……罪なき広島市民が負った原爆の悲劇の実相を精緻に描く名作。

井伏鱒二著

さざなみ軍記・ジョン万次郎漂流記

直木賞受賞

都を追われて瀬戸内海を転戦するなま若い平家の公達の胸中や、数奇な運命に翻弄される少年漁夫の行末等、著者会心の歴史名作集。

井伏鱒二著

荻窪風土記

時世の大きなうねりの中に、荻窪の風土と市井の変遷を捉え、土地っ子や文学仲間との交遊を綴る。半生の思いをこめた自伝的長編。

内田百閒著

百鬼園随筆

昭和の随筆ブームの先駆けとなった内田百閒の代表作。軽妙洒脱な味わいを持つ古典的名著が、読やすい新字新かな遣いで登場！

野坂昭如著

アメリカひじき・火垂るの墓

直木賞受賞

中年男の意識の底によどむ進駐軍コンプレックスをえぐる「アメリカひじき」など、著者の〝焼跡闇市派〟作家としての原点を示す6編。

二《に》十《じつ》世《せい》紀《き》旗《き》手《しゆ》

新潮文庫　た-2-9

昭和四十七年十一月三十日　発行
平成十五年十月二十日　四十四刷改版
令和五年十月十五日　五十三刷

著者　太《だ》宰《ざい》治《おさむ》
発行者　佐藤隆信
発行所　株式会社 新潮社

郵便番号　一六二―八七一一
東京都新宿区矢来町七一
電話　編集部(〇三)三二六六―五四四〇
　　　読者係(〇三)三二六六―五一一一
https://www.shinchosha.co.jp

価格はカバーに表示してあります。

乱丁・落丁本は、ご面倒ですが小社読者係宛ご送付ください。送料小社負担にてお取替えいたします。

印刷・錦明印刷株式会社　製本・錦明印刷株式会社
Printed in Japan

ISBN978-4-10-100609-3 C0193